Francisco de Rojas Zorrilla

Nuestra señora de Atocha

Barcelona **2024**
Linkgua-ediciones.com

Créditos

Título original: Nuestra Señora de Atocha.

© 2024, Red ediciones S.L.

e-mail: info@linkgua.com

Diseño de cubierta: Michel Mallard.

ISBN tapa dura: 978-84-1126-323-8.
ISBN rústica: 978-84-9816-233-2.
ISBN ebook: 978-84-9816-987-4.

Cualquier forma de reproducción, distribución, comunicación pública o transformación de esta obra solo puede ser realizada con la autorización de sus titulares, salvo excepción prevista por la ley. Diríjase a CEDRO (Centro Español de Derechos Reprográficos, www.cedro.org) si necesita fotocopiar, escanear o hacer copias digitales de algún fragmento de esta obra.

Sumario

Créditos _____ 4

Brevísima presentación _____ 7
   La vida _____ 7

Personajes _____ 8

Jornada primera _____ 9

Jornada segunda _____ 61

Jornada tercera _____ 109

Libros a la carta _____ 161

Brevísima presentación

La vida

Francisco de Rojas Zorrilla (Toledo, 1607-Madrid, 1648). España.
Hijo de un militar toledano de origen judío, nació el 4 de octubre de 1607. Estudió en Salamanca y luego se trasladó a Madrid, donde vivió el resto de su vida. Fue uno de los poetas más encumbrados de la corte de Felipe IV. Y en 1645 obtuvo, por intervención del rey, el hábito de Santiago.
Empezó a escribir en 1632, junto a Pérez Montalbán y Calderón de la Barca, la tragedia El monstruo de la fortuna. Más tarde colaboró también con Vélez de Guevara, Mira de Amescua y otros autores.
Felipe IV protegió a Rojas y pronto las comedias de éste fueron a palacio; su sátira contra sus colegas fue tan dura al parecer que alguno de los ofendidos o algún matón a sueldo le dio varias cuchilladas que casi lo matan. En 1640, y para el estreno de un nuevo teatro construido con todo lujo, compuso por encargo la comedia Los bandos de Verona. El monarca, satisfecho con el dramaturgo, se empeñó en concederle el hábito de Santiago: las primeras informaciones no probaron ni su hidalguía ni su limpieza de sangre, antes bien, la empañaron; pero una segunda investigación que tuvo por escribano a Quevedo, mereció el placer y fue confirmado en el hábito (1643). En 1644, desolado el monarca por la muerte de su esposa Isabel de Borbón y poco más tarde por la de su hijo, ordenó clausurar los teatros, que no se abrirían ya en vida de Rojas Zorrilla, muerto en Madrid el 23 de enero de 1648.

Atocha: es una palabra mozárabe que proviene de la voz prerromana taucia cuyo signicado es mata, matorral.
La reconquista de Madrid en 1083 por Alfonso VI, fue atribuida a la intercesión de la Virgen de Atocha. Según las crónicas la Virgen de Atocha fue visitada por los reyes: Alfonso VII, Alfonso IX, Sancho IV el Bravo, Enrique II, Enrique III, Enrique IV, Juan I, Juan II y los Reyes Católicos, quienes en 1478 confirmaron las fundaciones hechas a favor del santuario por Enrique IV en 1455.
La presente obra muestra los conflictos entre musulmanes y cristianos, inspirados los últimos por una devoción profunda por la virgen de Atocha.

Personajes

Celín, moro
Don Fernando
Elvira, dama
García
Gracián Ramírez
Laín, criado
Leonor, dama
Limonada, gracioso
Mahomat
Rosa, mora

Jornada primera

(Salen Rosa, mora, vestida de negro, con Mahomat; don Fernando y Limonada, atadas las manos, y cubiertos los rostros.)

Rosa   Haced alto en el llano desa falda
que Manzanares pinta de esmeralda;
ligad esos cristianos a esos troncos,
cesen los parches de quejarse roncos
al eco más vecino
de los azotes del porfiado pino;
aqueste es Manzanares, aquel río
que de las sierras de Castilla frío
baja a Madrid tan quedo,
que se conoce que me tiene miedo;
Branigal, un arroyo que recrea
a Branigal su convecina aldea,
se entra, renglón de plata, en Manzanares,
y Manzanares en Jarama y Nares,
y todos tres por uno y otro atajo,
porque es nuestro, le dan tributo al Tajo.
Aquella puerta que de aquí se advierte,
cuya muralla fuerte
a la media región del aire llega,
es la que llaman Puerta de la Vega;
esta playa, que besa el cristal frío,
es una tela que tramó el estío
con distintos colores,
de un verde raso que es raso de flores;
Manzanares humilde pone coto
a esa tela florida y a ese soto;
y yo desde Toledo desta suerte,
para vengar de Aben-Jucef la muerte,
mi ya perdido hermano,

contándole su muerte al aire vano,
vengo a vengarle con valor impío
en los troncos, que son hijos del río,
en las aves que pueblan todo el viento,
en los peces que cría ese elemento,
y en el que halláre caminante errado,
desierto a mi piedad por el poblado.
En esta isla (¡oh pese a mi tardanza!)
rompió la de su pecho errada lanza,
que no le hubiera muerto
hasta que le buscara con acierto;
como villanas, esas verdes plantas
de su coral tiñeron las gargantas;
aquel eco, que nunca la voz deja,
repitió las razones de su queja;
pues aves, prado, monte pasajero,
han de asustarse al golpe de mi acero;
vegas, flores y plantas, eco y río,
la ira han de temer de mi albedrío;
y pues que Rosa soy, la valerosa,
teman de las espinas de la Rosa.

Mahomat

Rosa valiente, Rosa celebrada,
desde el África a España trasplantada;
Rosa, que al desplegar del Sol los rayos
no te hace Mayo a ti, tú haces los Mayos;
perfección del coraje y del denuedo,
hermana de Celín, rey de Toledo,
si por valor pretendes, no por suerte,
del grande Aben-Jucef vengar la muerte,
yo que la ejecución fui de su ira,
la valerosa sangre en que respira
tan acierto cristiano,
derramará el acierto de mi mano.

Rosa	Pues parte, Mahomat, si buscas fama, a correrle la margen al Jarama, que ya mi hermano, el rey, Celín, porfía el puerto no dejar de la Fuenfría, donde el verano, errando su gobierno, sufre las influencias del invierno; y como el gran Celín cuando se enoja hace su blanca nieve helarse roja, y el vapor de su aliento airado sube a condensar la una y la otra nube, siendo el temor tan frío, decir puedo, que en lugar de llover, nievan de miedo.
Mahomat	Pues parto a obedecerte diligente.
Rosa	Vence en mi nombre, Mahomat valiente.
Mahomat	¿Tú, qué intentas hacer de aquesta suerte?
Rosa	A don Fernando quiero dar la muerte.
Mahomat	¿De qué suerte, bellísima homicida?
Rosa	La muerte le he de dar dándole vida.
Mahomat	¿Cuál ha de ser, me di, el acero impío?
Rosa	Su patria ha de mirar desde aquel río.
Mahomat	¿Pues qué pena le buscan tus enojos?
Rosa	Quiero que se castigue con sus ojos.

Mahomat   Pues yo voy al Jarama.

Rosa   Parte luego.

Mahomat   De mi valor y de tus iras ciego,
                 traerate al Sol cautivo aquesta mano.

(Vase.)

Rosa   Tráeme al Sol, si supieres que es cristiano;
                 Fernando calla y suspira
                 con animoso temor,
                 hipócrita de mi amor
                 soy en la fe de mi ira;
                 amor le tengo, mas tal,
                 que obra tal vez el desdén,
                 ¡que queriéndole tan bien
                 le esté tratando tan mal!
                 ¡Que sea tal mi sentimiento
                 que aún no lo sepa sentir!
                 ¡Que no le acierte a decir
                 aquello mismo que siento!
                 ¡Que siendo correos sabios
                 la esperanza y la pasión
                 le errasen al corazón
                 el camino de los labios!
                 Pues tenga alivio quien ama,
                 diga su pena veloz,
                 sea lo menos la voz
                 si es lo principal la llama;
                 de torpes ayuntamientos
                 aún no la montaña sufre,
                 pálido embrión de azufre
                 cuando le aborta a los vientos

disimulado raudal,
hurón de plata oprimida,
va royendo la salida
hasta verter su cristal
pues mi amor ardiente y ciego
que imitar a los dos trata,
se vierta volcán de plata
y corra raudal de fuego;
cristiano, a quien solo oí
tantos suspiros a veces
que a las nubes enterneces
pues que ya llueven por ti
desatarte quiero ahora,
que ya tu piedad me prenda,
quita a tus ojos la venda.

(Descúbrele.)

Don Fernando   ¡Válgasme nuestra Señora!
¿Dónde finco?

Rosa   No te pares
suspenso cuando me ves,
que aquesta la orilla es
del hermoso Manzanares;
aquí se trabó la lid
en que fuiste mi cautivo.

Don Fernando   No sé, cielos, cómo vivo.

Rosa   Mira tu patria, Madrid,
porque viertas tu dolor
en lágrimas a ese río.

Don Fernando	Oye, si puedes, el mío, ¡ay mi polida Leonor!
Rosa	Si de verte es la pasión, mi cautivo, considera que hoy tienes por prisionera a quien te tiene en prisión; habla, si es que te provoco al premio que de ti espero. ¿Hete dicho que te quiero, no respondes tampoco? ¿No hablas? ¿cómo tan cruel me añades nuevos enojos?
Limonada	Desátenme a mí los ojos, que yo hablaré por él.
Rosa	Pues no mi pasión errada los medios quiere olvidar, ya te voy a desatar; habla por él, Limonada.
(Desátanle.)	
Limonada	Amor nunca te trasnoche en tus celosos trasuntos, tengas muchos hombres juntos y ninguno te reproche; Madrid es, por vida mía; (Nuestra Señora me valga), no vi tan garrida galga en toda la perrería; fecho estabas cuitas todo y desta vez me deshago,

	¡ay mi calle de Santiago,
	donde hay todo el año lodo!
	¡Quién vos paseara en un coche!
	los mis ojos allá os id;
	¡cómo me huele a Madrid
	sin ser las diez de la noche!
Rosa	Di, cristiano desdichado,
	si escuchar quieres mi ira,
	tu señor, ¿por qué suspira?
Limonada	Porque está abarraganado;
	amor tiene, y anda en pena
	por una fembra polida,
	que es mesurada, entendida,
	y de más a más, morena.
Rosa	Cautivo cristiano, di,
	ya que en esa pasión das
	una palabra no más,
	¿tienes otra dama?
Don Fernando	Sí.
Rosa	¿Rindiote su perfección?
	que este que en tus ojos leo
	es amoroso deseo.
	¿No me puedes querer?
Don Fernando	No.
Rosa	¡Corrida, vive amor, quedo,
	de haber tal desdén oído!
	¿Me querrás de agradecido

	en algún tiempo?
Don Fernando	No puedo; y bien me puedes matar, cedo, aunque de mi te asombres.
Rosa	Úsanse tan pocos hombres que sepan desengañar, que de haber llegado a oír que fino y constante estás, desde hoy te he de querer más porque no sabes fingir; solo el desdén sentir quiero, no que la adores así.
Don Fernando	Yo no te hago mofa a ti, si la he amigado primero.
Rosa	Dime, Fernando, por Dios, ya que tan constante eres, ¿quién es la dama que quieres?
Don Fernando	No es una, que son dos.
Rosa	Si amas a dos, imagina que será pasión villana.
Don Fernando	Una es divina, otra humana.
Rosa	Dime quién es la divina, ¿La morena de quien sé que te ha enamorado a ti?
Don Fernando	¿La morena sola?

Rosa   Sí.

Don Fernando   Escocha, y te lo diré:
                  dempués quel Señor Jesús,
                  nueso divino hacedor,
                  para se sobir al cielo
                  a un monte se encaramó;
                  quedó la virgen María,
                  nuesa Señora, y quedó
                  a ser Sol que sostituya
                  la ausencia del mejor Sol,
                  que a suplirnos la su falta
                  quiso el divinal Criador
                  que ya que Dios no fincase,
                  finque la madre de Dios;
                  Nicodemus, el hebreo,
                  que a Jesús desclavijó
                  y con la toalla santa
                  limpió el divinal sudor,
                  dempués que ya sepultado
                  creyendo a Dios le adoró,
                  tallar procuró María
                  la su madre, y trabajó
                  un leño con el cincel,
                  y diestro asaz tallador
                  con una y otra moldura
                  dio a su imagen perfición;
                  San Lucas evangelista,
                  diestro el más pinturador
                  de cuantos Jerusalén
                  artífices coronó,
                  retratar quiso a la Virgen
                  sobre la escoltura, y dio

a los sus diestros relieves
un color y otro color,
y al pintar su hermosa faz
con homildanza y amor,
mirando estuvo a María;
no sé como no cegó:
el pincel lejos, y sombras
devotamente honestó.
¿Quién ha visto a la luz ser
de la sombra imitación?
acabó la santa imagen
el divinal escritor,
bien que del original
salió la copia un borrón
porque si Dios de la Virgen
fue sabio retocador,
¿Como ha de poder un home
copiar lo que Dios pintó?
Casi como a rosa pura
no hay quien la semejó,
porque no habrá, si la pintan,
color para su color,
ni espejo puede pintarse,
pues el que el cristal cuidó,
podrá mirarse al cristal,
y en la su pintura no,
y así como al Sol y nave
maguer que la retrató,
diestra la mano no pudo
retocarla con primor;
Lucas así a mi Señora
copiarla bien no supió,
que ya se ve que es María
rosa, nave, espejo y Sol;

Pedro, aquel apóstol santo
de Cristo acompañador
que le adoró tantas veces,
maguer que tres le negó,
y con plañir y llorar
consiguió de Dios perdón
(que sabía muy bien Pedro,
como quien más le trató,
que era el llanto gran tesoro
para cohechar a Dios).
De Jerusalén a Antioquía
con esta imagen partió,
llevando por compañeros
de Cristo a la adoración
doce Apóstoles, que fueron
la palabra de su voz;
dempués vino Pedro a España,
y caduca tradición
habla que en la playa antigua
de Motril desembarcó,
y los discípulos suyos
esta imagen con fervor
santo dejaron posada,
cabe de la población
de nuesa antigua Madrid,
no dentro del pueblo, no,
que no es vulgo la Virgen
para entrarse acá con nos;
esta verdad aseguran
uno y otro historiador,
y que siete años antes
que nuestra Virgen finó,
estaba la nuesa imagen
colocada, y digo yo,

que si el año de cincuenta,
como afirma un escritor,
Nuestra Señora de Antioquía
en Madrid resplandeció,
sale mi conjeturanza
cierta, escocha mi razón
de quince años nuestra Virgen,
Virgen a Jesús parió,
treinta y tres y algunos días
vivió nuestro Redentor,
veinte y cuatro años María
dempués de la su ascensión
vivió en el mundo, que hacen
por todos setenta y dos;
pues bájame ahora quince
de antes que nació,
y vino a fincar María
en el año del Señor
de cincuenta y siete, en que
fue su divina asunción.
Pues si el año de cincuenta
a Madrid nos trasladó
desde Antioquía nuesa imagen
nueso Pedro Vice-Dios,
luego no hay duda alguna
que esta imagen se talló
en la vida de María,
y fue la su colación
siete años antes que fuese
a abracijarse con Dios;
anciana finó la Virgen,
pero no consumidor
el tiempo mañoso y cano
la suya faz arrugó,

que como en su hermosura
su honestidad se posó.
Por no tocarla al recato
no llegó a la perfición;
y es mucho que así gozase
tantos años quien sufrió
luenga edad tantos trabajos
viendo la muerte y baldón
del hijo crocificado,
que fue tamaño el dolor
que llevó nuesa Señora
de Jesús en la Pasión,
que uno y otro santo afirma,
habla uno y otro varón,
que si el dolor de la Virgen
le repartiera el Señor
entre todas las criaturas,
con ser tantas como son,
bastaba a finarlas todas
solamente aquel dolor;
santa, más que todos santos
Nuesa Virgen floreció,
aunque hubo en su vida muchos
que dempués santificó
el vicario de Jesús
por divinal comisión;
lució entre todos María,
como en el campo se vio
no florecer clavellina
a la faz del girasol.
¿No viste al Sol que en su altura
no permite resplandor,
y posado en el su globo
a la su Luna veloz,

siendo él el que la ha encendido
parece que la apagó,
que los loceros se fuyen,
y al alba dél se escorrió;
la llama encoge el su rayo,
la nube a su exhalación,
y cuando por la su cuesta
ya haciendo caracol,
y gusano de los cielos
sus propios rayos filó,
va saliendo el un lucero,
la Luna a más relumbró,
y basta una antorcha del suelo
sópitamente alumbró?
Así cuando Sol la Virgen,
maguer que fuese mejor,
nueso horizonte alumbraba
ningún lucero alumbró;
semeja, pues, los luceros
santos, pues que luces son,
semeja Sol a la Virgen
en la mi comparación,
ella finó, y nos salieron
a lucir den dos en dos,
que no pudieron arder
cuando estaba vivo el Sol;
perdiose la nuesa España,
que el conde Jolian, traidor;
(pero aquesta remembranza
finque para otra ocasión)
que solo narrar te quiero
que la Virgen se escondió
no sé dónde, y nos plañimos
por la suya aparición,

a los cielos y a la tierra
con uno y otro clamor.
No parece nuestra Madre,
mas pintorada quedó
en láminas por reliquia,
que una dellas guardo yo,
y aunque nunca yo la he visto,
ni de cuantos viven hoy
hay hombre que la alcanzase,
no luenga una narración
hacer quiero de su forma,
según escrita quedó
por aquellos que gozaron
su divinal resplandor:
tres cuartas tiene de altura,
y aunque parece mayor,
es porque posada finca
en trono y silla, a quien dio
más relieves y molduras
artificioso primor;
una corona de un dedo
de alto, su sien coronó,
y sacada de la misma
materia está alrededor,
porque no fuese postiza
como otras coronas son,
la su veste colorada
un manto de oro guarnió,
y con una forradura
de honesto oscuro color,
y todo de una madera,
y los sus pies cobijó
para honestarla más bien,
acepillado ropón;

al siniestro lado tiene
una T con una O,
que significa teotoca,
que en griego es Madre de Dios;
dentro de la T se posa
la O, pues discurro yo,
que no la que habla arriba
es su significación:
la O, del Verbo divino
semeja la Encarnación,
que es un círculo perfeto
que aquellas partes unió;
T, en griego, a Dios significa,
y esta T la O abrazó;
Jeremías nos enseña
que ha de rodear al varón
la fembra, pues saca ahora
que María a Dios rodeó,
siendo un círculo pequeño
desta T, que dice Dios;
pues si ella es O y él es T,
hable la mi conclusión
que su Encarnación figuran
unidas la T y la O,
mediante Dios y mediante
la su hipostática unión;
morena tiene la faz,
no perceptible el color,
porque el luengo curso de años
la su tez ennegreció;
honestos ojos y graves
catarás con atención,
mirar afables al justo,
severos al pecador;

a su infante Jesús, niño,
abracijado guardó,
del corazón a su lado,
o él era su corazón;
una poma en un librito
le da al Niño, ¿quién creyó
que enseñándole María
una manzana al Criador,
reciba de una mujer
lo que otra mujer vedó?
Pero de María a Eva
hay tamaña distinción,
que Eva escribió la su culpa
y María la borró;
esta es mía morena dama,
a quien mío casto amor,
sin haberla visto nunca,
mil ternuras la indilgó;
esta del alba es Señora,
esta es la que se perdió,
si de la nuesa presencia,
de nuesa memoria no;
esta a quien hacen la salva
tanto colorín cantor
en praderías, que el Mayo
con flores rojas pulió;
esta a quien estrella, cielo,
el mar, tierra, aire veloz,
aves, peces, fieras y hombres,
los luceros, Luna y Sol,
ángeles y santos claman
a un afecto y a una voz,
la gran Teotoca de Antioquía,
que es hija, y madre de Dios.

Rosa

>Tu relación he escuchado,
>y, vive el cielo, que estoy
>de tu amor menos corrida
>que indignada de tu voz;
>esa deidad que tú llamas
>luz de la aurora y el Sol,
>precursora de Madrid
>y madre de vuestro Dios,
>ayer era un basto leño
>en quien el tiempo escribió
>la nobleza del Abril
>vegetativo padrón;
>por inútil tronco ayer
>artífice la talló,
>¿pues cómo la hará deidad
>un borrón y otro borrón?

Don Fernando

>Esta imagen no es madre
>de Dios, sandía mora, no,
>pero basta que semeje
>la misma madre de Dios;
>¿no te da color el árbol
>que ha colorido el pintor,
>y a más que esté pinturada,
>cuidas que la flor es flor?
>Pues si pintada flor y árbol
>flor y árbol vivo imitó,
>mejor podrá pinturada
>imitar María a Dios.

Rosa

>Sí, ¿pero en virtud de un leño
>ha de hacer milagros? no.

Don Fernando	Pues hace Dios sin materia una y otra admiración, ¿y con materia no cuidas que puede obrallas mejor?
Rosa	¿Un leño puede imitar una imagen? es error.
Don Fernando	No te ha de valer ahora tu sopitaña razón, aunque hable esta vez por ti Barrabás calumniador. ¿Tú y yo no somos dos leños?
Rosa	Dos leños somos tú y yo, pero somos racionales.
Don Fernando	Pues si el Señor descendió a imitar estos dos leños, con ser Dios, di, ¿por qué no un leño podrá imitar a la que es madre de Dios?
Rosa	Bien dices, mas no lo creo; bajemos el escalón de tu voluntad, y dime, ¿a quién amas?
Don Fernando	A Leonor, de Gracián Ramírez hija
Rosa	¿Es hermosa?
Don Fernando	Como el Sol.

Rosa	¿Quiérete?
Don Fernando	Cuido que sí.
Rosa	Pues si la tienes amor, y ella a ti te quiere tanto, ¿qué temes?
Don Fernando	Que ausente estoy.
Rosa	¿Puede olvidarte?
Don Fernando	No sé; recuéstala un infanzón asaz valiente y galán, fidalgo y home de pro, y que él se la mereciera a no merecella yo.
Rosa	¿Quién es?
Don Fernando	Don García es, el que a tu hermano mató, de Gracián Ramírez deudo.
Rosa	Yo mataré ese traidor. ¿Mas sabes qué he presumido? que no la quieres de amor, sino de tema no más que otro galán la sirvió porque sois tales los hombres que ponéis vuestra afición en lo que hace competencia,

	pero no en lo que es mejor.
Don Fernando	Y si la vieras, ¿qué hicieras?
Rosa	Disculpara tu pasión.
Don Fernando	¿Pues dasme palabra, mora, si palabra en ti cupió, como mora principal, pero como mora no, de volver a la mi mano, si te la enseño a Leonor?
Rosa	Por Alá te doy palabra.
Don Fernando	No jures el Zancarrón del vuestro profeta falso, Mahoma, engañifador; jura como noble.
Rosa	Juro.
Don Fernando	Pues cata su rostro, y no verás que su hermosura es menos que mi pasión, toma, Rosa.

(Dale un retrato de nuestra Señora de Atocha, por darle el otro.)

| Rosa | Alá me valga. ¡Qué miro! helado sudor desconcierta de los poros la proporcionada unión. ¿Ésta no es vuestra patrona |

          María?

Don Fernando   ¡Válgasme Dios!
          ¿Qué es lo que he fecho?

Rosa   Yo, cielos,
          ¿de una pintura temor?

Don Fernando   ¿Que por darle la fegura
          de Leonor le diese yo
          a los dos semejaduras
          de nuesa Señora y Dios?
          ¿Y que estando enclavijada
          en par de mi corazón,
          tan torpes estén mis manos
          que ficiesen tal error?
(Va a quitarla el retrato.)
          Soelta, mora.

Rosa   Deja, infame.

Don Fernando   No presumas con rigor
          fincar con la mi Señora,
          que antes cuido morir yo.

Rosa   ¿Ah soldados?

Limonada   Esto es fecho.

Rosa   Dadles la muerte a estos dos.

Don Fernando   ¡Hacedlos sordos, mi Virgen,
          o ciegos, si sordos no,
          y será un milagro a tiempo!

Rosa	¿No me respondéis?
Don Fernando	Ya obró.
Rosa	Pero tened, no vengáis, que entre tanta admiración una experiencia procura acreditar mi valor; ver quiero si este cristiano que a María defendió, tiene tanta fe en el alma como fineza en la voz; Fernando, ¿no dices que amas a Leonor?
Don Fernando	Con casto amor.
Rosa	¿Qué fineza harás por mí si aquí libertad te doy?
Don Fernando	Será, como lo es el cuerpo, esclava mi alma en pos.
Rosa	¿Dasme la palabra y fe devolver a la prisión si te dejo que a Madrid vayas a ver a Leonor?
Don Fernando	Por la fe de caballero, a fe de amante español, de volver a los tus pies como fidalgo infanzón.

Rosa   Jura.

Don Fernando   Por los Evangelios
que san Lucas escribió,
o por la cruz de la manga
que sale en la procesión,
y por el santo que tiene
espatarrado el dragón
y afinojado a sus pies
con la punta del lanzón,
de volver en la tu busca
cedo que hable a Leonor.

Rosa   Pues yo dejo que te vayas,
pero es con condición
que has de dejarme en rehenes
esa copia, ese primor,
en que tienes retratada
la hermosa Madre del Sol,
que con eso volverás.

Don Fernando   No me lo permita Dios;
si aquí sopitañamente
me posaras a un fogón,
me cuidara asar primero,
mas darte a la Virgen, no.

Rosa   ¿Pues no puedo yo quitarte
la copia?

Don Fernando   Tienes razón;
mas una cosa es quitarla
y es otra dártela yo.

Rosa	¿Pues qué rehenes intentas dejarme?
Don Fernando	Mi obligación; y de más a más te dejo al mi escodero español.
Limonada	Mi Señor, si bien me quieres, no me dejes, porque soy hijo de un moro de Fez que cristiano se tornó, e hijo de una gallega que con él se enmaridó, y me harán muy fácilmente besucar el Zancarrón.
Rosa	Pues déjame éstas rehenes, o no has de irte.
Don Fernando	¿Y cuáles son?
Rosa	Déjame a Leonor pintada por prenda, que bien sé yo que por ella has de volver, si es que la tienes amor; que llego tanto a quererte por oculta inclinación, que con estarme tan mal que a ver vayas a Leonor, solo porque no la goce el que a mi hermano mató, aunque me cueste unos celos te doy esa permisión.

Don Fernando   ¿A Leonor me pides?

Rosa   Sí.

Don Fernando   ¿Qué le importa a mi afición
                 cautivar este traslado,
                 si al original me voy?
                 Cata su fegura, mora,
(Vásele a dar.) y también cata que doy
                 en rehenes de dar vuelta
                 la mala consolación;
                 trátala bien, y no hagas
                 mofa, así te guarde Dios;
                 mas no te la quiero dar,
                 que lo plañirá mi amor.

Rosa   Como a huéspeda prometo
                 tratarla, no temas, no.

Don Fernando   No te la quisiera dar.

Rosa   Escoge una de las dos
                 que te he pedido.

Don Fernando   Nenguna;
                 pero puesto que me voy,
                 quiero llevarme a María
                 y quiero darte a Leonor.

(Dale el de Leonor y toma el de la Virgen.)

Rosa   No ha sido tu amor muy grande.

Don Fernando   Es grande mi devoción.

Rosa	¿Sabrás cumplir tu palabra?
Don Fernando	¿No sabes, mora, quién soy?
Limonada	¿Y yo he de irme?
Don Fernando	Tú te quedas.
Limonada	¿Y cuando volverás?
Don Fernando	Hoy.
Rosa	Dale muerte a tu enemigo.
Don Fernando	Finará, si me ofendió,
Rosa	Pues parte a Madrid, Fernando.
Limonada	Vuelve esta noche, Señor.
Don Fernando	Trata bien a la mi fembra.
Rosa	Sí haré, aunque celosa estoy.
Don Fernando	Cuitame que finque, mora, con tal perjeño y razón.
Rosa	Alá te vuelva con bien.
Don Fernando	No sé qué es Alá, sea Dios.

(Vanse.)

(Salen Elvira y Leonor, con luz.)

Elvira
El tu suspirar me admira
una otra en otra vegada;
no estés tan acuitada.

Leonor
Déjame llorar, Elvira.

(Llora.)

Elvira
Dime qué plañes, Leonor,
y no lo estés honestando.

Leonor
¿No sabes tú que a Fernando
he tuvido mucho amor?

Elvira
Supido lo he; pero faz
con que el gusto restituyas,
pues que las lágrimas tuyas
no te dan ningún solaz;
que yo también por mi daño
tengo amor otro que tal,
y maguer que siento el mal
bien miras tú que no plaño.

Leonor
Tu amorío al mi dolor
no compasa los enojos,
que siempre sale a los ojos
la caleutura de amor;
a la rosa y al clavel
tortolilla diligente
plañendo el su esposo ausente,
hace pescudas por él;
y a más con tiernos amores

| | verás por el tu amorío
con lágrimas del rocío
hacer mimos a las flores;
y de un leño en el fogón
semejarás los despojos,
pues si no plañen sus ojos
no arde su corazón. |
|---|---|
| Elvira | Cuido ser un pedernal,
mía Leonor, porque también
me quiere García bien
y yo no le quiero mal;
mas mi voluntad tan rara
se ha podido resistir,
que no me han vido reír
por un ojo de la cara;
que el home que está más ciego
en servir y en sospirar,
en viéndome lagrimar
se hará de pencas luego. |
| Leonor | ¿A ti te adora García? |
| Elvira | Al me ver, mil trampantojos
hace con la boca y ojos. |
| Leonor | ¡Válgasme santa María! |
| Elvira | ¿Y de qué te has suspendido,
que paras mientes turbada? |
| Leonor | Hame dicho una vegada,
que finca por mí atordido,
y quedo rabiosa aquí |

	que fingiendo que se muere me diga a mí que me quiere y que te engañife a ti.
Elvira	Y yo con sópita saña contra él me indigno ahora, a mí es a quien solo adora, y a ti es a quien solo engaña; a mí quiere de las dos, a mí ama de mayor gana.
Leonor	¡Proviera a Dios!
Elvira	La mi hermana, ¿para qué es proviera a Dios?
Leonor	García, de mí ¿qué espera?
Elvira	Hablemos como mujeres, yo sé que aunque no le quieres, no te pesa que te quiera.
Leonor	Yo solo a Ferrando quiero; pero García yo sé que no te quiere.
Elvira	¿Por qué?
Leonor	Porque me amoró primero; a mí es a quien tiene amor, y a ti tiene aborrecida.
Elvira	¿Pues no soy yo tan erguida como tú, hermana Leonor?

	¿No soy laborosa? pues di, ¿qué mengua me has hallado? ¿No hice el jubón labrado de nueso padre en un mes? Pues no me baldones, no, ya que reprocharme quieres.
Leonor	¿Y qué importa, si no eres tan hermosa como yo?
Elvira	¡Tan hermosa! tus engaños te han fecho presuntuosa; hermana, la más hermosa es quien tiene menos años mi juventud es mejor, no tu rostro pinturado.
Leonor (Llorando.)	En fin ¿te has desmesurado con tu hermana la mayor? pues yendo en busca del cielo, cedo que muera con llanto, no me abra la puerta el santo que no tiene ni este pelo; y la mi finada madre no salga de la aflicción de su dolencia, si no se lo dijere a mi padre.
Elvira	¿Eso a mí qué me empeció?
Leonor	¿Han vido la rapagona cómo se hace persona? mío padre, mas él llegó.

(Sale Gracián.)

Gracián	La mi Leonor, la mi Elvira, ¿de qué fincas arriscada?
Leonor	Mío Señor, plaño airada.
Gracián	¿Y con quién mandas la ira? ¿no hablas, Leonor? ¿hay tal? ¿quién tu alegrez alborota?
Leonor	Esta mi hermana chicota, que me ha herido muy mal.
Gracián	¿Te habló destonado? deja, verás lo que hago yo.
Leonor	De fea me caloñó, y de más a más, de vieja.
Gracián	¿Qué me parlas?
Leonor	Así es.
Elvira	Oye a mi satisfacción.
Gracián	No puede tener razón quien ha nacido después; besucad luego a Leonor
(Empújala.)	los pies, llegad.
Elvira	No me empelles.
Gracián	Ya no han menester fuelles

	los órganos del Señor.
Elvira	Que me des perdón te pido, la mi hermana, y mi señora.
Gracián	¡Y que no trujese ahora las deciplinas conmigo!
Leonor	Perdonar me satisface, mas no me nombréis errada colondrona otra vegada. haréislo así?
Elvira	¡Qué me place! Dadme la mano.
Leonor	Catad.

(Bese la mano Elvira a Leonor.)

Elvira	Perdonad mi sopitez.
Gracián	Hoy remozan mi vejez su amistanza y su homildad,
Leonor	La fe del Bautismo espero trasladar, si dan con ella.
Gracián	El señor rey de Castiella me ha inviado su mandadero, y la su escritura ved, si un solaz vos quiero dar, que para vos maridar me ha fecho una gran merced.

Leonor	¿Escretura del Rey?
Gracián	Sí, de su firma y de su mano.
Leonor	No he vido rey tan humano. ¿Cómo habla?
Gracián	Habla así:
(Lee.)	«El mío alcalde Gracián Ramírez de Vargas: La vuesa escretura me dio asaz contentamiento, y finco de las vuesas fecherías alegrado. Cuidá de la mía villa, y por el vuestro servicio vos hago merced para maridar las vuesas dos hijas, de veinte maravedís cada un años de renta. Dios os guarde. En Burgos. -Alfonso, rey de Castiella.»
	¿Qué os parece? ¿qué decís las dos de largura tanta?
Leonor	Maridar puede a su infanta con veinte maravedís.
Gracián	Dele mucho mundo el Dios poderoso, omnipotente.
(Sale un Criado.)	
Criado	García, vueso pariente, hablar procura con vos.
Gracián	Entre el mi deudo García,

	e idos los dos allá fuera.
Leonor	Escondijada quisiera escochar, por vida mía.
Elvira	Y yo he de escochar allí.

(Escóndese.)

(Sale García.)

García	Aquí está el vueso escodero.
Gracián	Ocupad el posadero.
García	Harélo, el mío alcalde, así.
Gracián	¿Y a qué venís? ¿a qué fin tan tarde me habéis buscado?
García	No escoche este criado.
Gracián	Erguid vos fuera, Laín.

(Siéntase.)

García	El mío señor, alcaide Gracián, fidalgo, y a más valiente infanzón. Pues hoy mistorado en los ojos se han suspiros inviados del mi corazón, las vuesas orejas, que oyéndome están, escochen tollida de amor mi razón; yo adoro a Leonor, vueso serafín, hacedla mi esposa, pues santo es mío fin;

pues hoy mi cochilla sangrienta la ven
del moro africano el rojo cetún,
con darme este premio, hacedme este bien,
pues no la merece de todos nengún,
maguer que Ferrando lo cuide también,
que no mi amorío semeja al común
de amantes, aquellos que fingen pasión,
haciendo feguras con su corazón.

Gracián ¿Fincando en campaña Celín pertinaz,
con una y con otra cochilla de Fez
estáis amistando folgar en la paz,
Naciendo infanzón y fidalgo de prez?
No me veréis alegrosa la faz,
si afinojado a mi planta esta vez,
como a coitado y cómplice atroz,
no le tollís a la lengua la voz.

García Vuesa palabra me ha dado a entender
que no en el campo he tovido valor;
asaz, como alcaide, podierais saber
que Aben-el-Jucef me tuvo pavor
cuando le fice más campo correr
que el Mayo verdoso colora de flor,
y más, al querer conmigo lidiar,
de una lanzada le fice finar.

Gracián No me habléis tan entonado,
la vuesa voz abajad,
que yo vos daré a Leonor,
mas no tan cedo será;
Ferrando me pidió a Elvira.

Leonor (Aparte.) La mi oreja, ¿qué escocháis?

Gracián	Y fincado cautivado,
	¿cómo bien parecerá
	que él tenga un lazo de hierro,
	y vos otro conyugal?
	sed el su amigo en la guerra
	pues lo fuisteis en la paz,
	y cuando fincare libre,
	por vuestro valor llegad,
	y pedidme a mi Leonor
	que cedo os la he de endonar.
García	Tan luengos años te halles
	como nueso padre Adán.
Gracián (Aparte.)	(Con Ferrando y con García
	las presumo maridar.)
	Venid, que cuido ir con vos.
García	De aquí no me he de apartar,
	si su cortesanamiento
	no se queda más atrás.
Gracián	Pues si habéis de ser mi hijo,
	obedeced y callad;
	así...
García	¿Qué parláis?
Gracián	García,
	oíd, que os quier pescudar
	de las imágenes santas
	que dentro en España hay.
	¿Cuál de todas, me decid,

	es vuestra devota más?
García	Nuestra Señora de Atocha.
Gracián	Pues vuesa es Leonor; llegad, y dadme los brazos, hijo, que mío no lo será quien no llame por devoto a esa imagen celestial.

(Vanse los dos.)

Leonor	Fincamos buenos, Elvira.
Elvira	Colorada el alma está de que el sandío de García fingiese su voluntad.
Leonor	¿Hame engañifado a mí el traidor descomunal de Ferrando, y a ti sola es a quien precara asaz, y te acuitas de García?
Elvira	Y García desleal, ¿no fina por ti?
Leonor	Bien hablas. ¿Pues cómo podré vengar el mi mal pagado amor que se ha fincado en agraz?
Elvira	¿Quieres que hagamos mofa de su amor?

Leonor	¿Cómo será?
Elvira	Seamos frailas las dos, y así cuido castigar, perdiendo el nueso amorío, una y otra voluntad.
Leonor	¿Yo fraila? esas no, Elvira. ¿Qué cuidas?
Elvira	Ven a hablar al mío padre, Leonor.
Leonor	¿Qué haces?
Elvira	Tú lo verás, ven en pos de mí.

(Sale don Fernando cuando ellas se quieren ir.)

Don Fernando	¿Leonor?
Leonor	La santa vela pascual que está con las tres piñitas fincada somo el altar, me valga.
Don Fernando	¿De qué te aturdes la mi relumbrosa faz? Ferrando soy, el tu esposo, que afinojado y leal viene a besucar la tierra que tu pisoteando estas;

yo soy el que ayer cautivo,
y hoy libre, viene a ayantar
el manjar de los tus ojos
amorioso gañán.
¿Qué paras mientes, Señora?
¿No cuidas abracijar
mil vegadas al tu esposo
que descautivado está?
¿No me hablas? ¿no me miras?

Leonor

Y cuánto me da solaz
la su voz, la su mentira
me ha indignado más y más;
habla, embostidor malino,
ya que haces desbochar,
si no toda la mi ira,
toda al menos mi verdad.
¿Por qué engañoso y cruel,
si cuidaste maridar
con la tu querida Elvira,
heriste con tal crueldad
a la mi alma, que era tuya?
¿Por qué, sandio desleal,
me hacías arrumacos
de rosquilla y mazapán?
¿No soy yo tamaña fembra
que el Sol con su claridad
al mío honor y a la mía cara
no ha supido emparejar?
Al nueso padre pediste
a Elvira, y con deslealtad,
para me escopir el rostro,
me cuidaste pintorar;
cata a tu amigota Elvira,

	gózate con ella en paz,
	aquí finó el nueso trato,
	yo no he de hablarte más,
	que no fue más fementido
	el nueso conde Julián;
	Fíncate.

(Va a irse.)

Don Fernando	Los ojos míos,
	no airados os escorráis.
	¿Elvira no está aquí,
	y digo de par en par,
	delante su hermosura
	a toda mi voluntad?
	a ti es a quien amorié;
	vuelve, mi vida, a escochar
	mía plañidura, que habla
	lagrimosamente asaz.

Leonor	Pues ¿y cómo al padre mío
	pediste a Elvira?

Don Fernando	No tal;
	a la su chicota hija
	le pedí.

Leonor	Pues si es verdad,
	la más chicota es Elvira.

Don Fernando	Es tu hermosura tal,
	que aun siendo más los tus años,
	no me parecen los más;
	yo lo erré.

Leonor	Cuidalo bien.
Elvira	Pues si él fuera mi galán, y a ti te endilgara ahora los requiebros en mía faz, ¿no le prefumara yo con pólvora y alquitrán? Abracíjale, mía hermana.
Leonor	Con una condición tal que me has de volver los brazos si no hablares verdad.
(Abrázale.)	
Don Fernando	¡Ay mía vida! la tu mano me permite besucar, que me entorno a ser cautivo.
Leonor	¿Qué me hablas y te vas?
Don Fernando	Fícele a una sandía mora pleitesía de tornar, y la tu trasladadura pintorada dejé allá; y antes que el alba florida emprincipie a cargear, volver cuido a la prisión; la mía vida, perdonad.
Leonor	¿Que la mi semejadura, cautiva, Ferrando, está, y a una mora se la diste?

| | ¿Pues cómo feciste tal?
                 ¿Y por verte con la mora
                 te vuelves a cautivar? |

Don Fernando   Di la palabra.

Leonor   Y di, ¿pesa
                 esa tu palabra más
                 que mi amor?

Don Fernando   Nací fildalgo.

Leonor   Ahora llego a caloñar
               que estás emperrado el alma,
               y que con la mora está
               aullándole el tu amor
               como mal herido can.

Don Fernando   Por el tu retrato vuelvo,
               no por otra cosa asaz.

Leonor   Pues si mi semejadura
               es la causa principal,
               yo perdono la fineza,
               fincate conmigo en paz,
               que no empez a mi amor,
               ni a mi honor le hará mal
               que esté preso el mi retrato
               por la tuya libertad,
               si no es que por desprecio
               te le hayas dejado allá.

Don Fernando   ¿Y yo he de quedar sin él?

Leonor	¿Qué importa? ¿no me dirás el traslado, si te quedas con todo mi original?
Don Fernando	El mi escodero se queda.
Leonor	Pues ya que poniendo estás a las soluciones mías otra asaz dificultad, el García me ha pedido a mi padre, he dicho ya, que con toda la mi mano se coida matrimoñar, en que verás la apretanza con que finco si te vas.
Don Fernando	¿Y dijo que sí el tu padre?
Elvira	Si con tanta claridad ella hubiera dicho el sí par del cura y sacristán, no la podiera el obispo de Burgos desmaridar.
Don Fernando	Elvira, ¿es verdad?
Leonor	¡Ploviera a Dios no fuera verdad!
Don Fernando	¿Y a ti ha hablado tu padre?
Leonor	No me ha podido hablar.
Don Fernando	¿Cuándo fue el soceso?

Leonor	Agora.
Don Fernando	Y tú, di, ¿qué le dirás?
Leonor	Si te fincas, que te quiero.
Don Fernando	¿Y habrá duda?
Leonor	Si te vas.
Don Fernando	¿Reprobarás mi afición si dejo el retrato allá?
Leonor	Hablaré bien del tu amor.
Don Fernando	Y mi palabra, ¿qué hará?
Leonor	Palabra dada a una sandía, no se debe cabalar.
Don Fernando	En fin, ¿él te pide?
Leonor	Sí.
Don Fernando	Pues pintura, perdonad, mío escodero, Dios vos libre, mía palabra, viento vais, que en tocando al amorío del que sabe sospirar, el punto de honor es menos, y la cólera es lo más.
Leonor	Eres fino.

Don Fernando	En la tu piedra me pretendo quilatar.
Gracián (Dentro.)	¿Leonor, Elvira?
Leonor	Mío padre da voces.
Elvira	¿Qué nos querrá? Él sale.
Leonor	Ferrando mío, aquí te puedes posar, no te vea de sópito.
Don Fernando	¿Y yo me he de escondijar?
Leonor	De hallarte aquí tan tarde no le puede dar solaz.
Don Fernando	Yo lo hago.

(Escóndese.)

(Sale Gracián.)

Gracián	Las mías hijas, vuestra tristura alegrad, abrid cedo esa ventana, y del cielo a ese Atochar cataréis divinas luces con resplandor divinal de los cielos a la tierra

                        yan subirse, yan bajar;
                        Nuesa Señora, sin duda
                        posada en Atocha está.
                        ¿No la veis?

(Asómanse a una ventana.)

Leonor   Ya los catamos.

Gracián   Los mandaderos, que estáis
                    para mi mandadería
                    fincados en el zaguán,
                    subid a ver la alegrura.

(Va pasando por detrás cuando miran a la ventana.)

Don Fernando
(Aparte.)   Mientras sospendido está,
                    a escorrir voy a la puerta,
                    pues no me ve.

Elvira (Aparte.)   Ya se va.

Don Fernando
(Aparte.)   Y desde ella fingiré
                    que ahora acabo de llegar;
                    pruebo a salir.

(Al salir encuéntrase con García.)

García   ¿Quién da voces?

Gracián   El bendito san Marcial
                    me valga, ¿qué es lo que miro?

55

(Vuelve la cara Gracián, y velos.)

  ¿Ferrando?

Don Fernando ¿Señor Gracián?

Gracián ¿García?
  ¿El alcaide mío?

Gracián ¿Cómo aquí los dos fincáis?

Don Fernando Yan salí del cautiverio;
endonome libertad
una mora, y a tu voz
sobí de la calle acá.

García Y yo a tu voz he sobido;
pero al tiempo que iba a entrar,
iba a salir don Ferrando
por vuesa puerta.

Don Fernando Es verdad,
que al sobir vuesa escalera,
sentí un home pisotear,
y volví la faz a ver
quién me boscaba detrás.

García ¿Y cómo os habéis turbado?

Don Fernando Hame fecho novedad
que entréis vos adonde apenas
el Sol no ha sopido entrar.

Gracián	Sola esta vez he sobido.
Don Fernando	Yo esta vez, otro que tal, y a no estar el alcaide presente...
García	Y a no estar el alcaide...
Don Fernando	Yo ficiera que no pescudárais más.
García	Yo ficiera...
Gracián	El don García, vuesa palabra cumpláis de darme la vuesa hija, pues descautivado está Ferrando, como dijisteis.
Don Fernando	Y yo si me has de endonar la hija que te he pedido me omildaré.
Gracián	Así será.
García	Leonor es la que os pido.
Elvira	¡Oh sandío descomunal!
Don Fernando	Y yo a Leonor vos demando.
Gracián	Y Ferrando, ¿qué habláis? ¿no pidisteis la chicota

                        hija?

Don Fernando   No lo he de negar;
                        mas no entiende el amor de años,
                        mía la Leonor será.

García   No será.

Don Fernando   La mi cochilla...

Gracián   Vuesa enemiga dejad,
                        y en presencia de mis hijas
                        no demandéis a lidiar.

García   No es de aquí esta enemiga.

Don Fernando   Vuesas manos parejad.

Gracián   Dadle la mano, Ferrando.

Don Fernando   Yo no se la quiero dar,
                        si no me dais a Leonor.

García   Y yo hablo, otro que tal.

Gracián   Yo vos la daré, García;

(Díceselo a cada uno al oído.)

                        Ferrando, vuesa será;
(Aparte.)   (Esto importa por ahora.)

Don Fernando   Pues la mi mano catad.

(Dale la mano, y apriétasela.)

García (Aparte.)	Vueso amigo soy; (al darme su mano, ha fecho señal de cuestión, con apretanza).
Don Fernando (Aparte.)	Cedo le coido buscar.
Gracián	¿Sois amigos?
Don Fernando	Yan lo somos.
Gracián	Por esa puerta os colad, García, y vos por aquella que está enfrente del zaguán; Leonor, al vueso retrete; ea mi Elvira, a posar.
Don Fernando	Dios vos mantenga.
Gracián	Él vos guarde.
García	Adiós, mío alcaide Gracián.
Don Fernando (Aparte.)	Muriendo de celos voy.
García (Aparte.)	Atordida el alma está.
Leonor	¿Si será Ferrando mío?
Don Fernando	¿Si mía Leonor será?

Gracián   Halle yo a la santa imagen
               de Antioquía en el Atochar,
               que una y otra palabra
               mi habilencia complirá.

               Fin de la primera jornada

Jornada segunda

(Salen Rosa, Limonada y moros.)

Rosa			Ese cautivo cristiano
			conmigo llegue el primero,
			y quedaos todos, que quiero
			recibir sola a mi hermano;
			y aquel monte a trechos hueco
			del Manzanares confín,
			la lición de su clarín
			haga repetir al eco.

Limonada		Ya el su rey Celín ahora
			por uno y otro sendero
			llega a hablar el primero.

Rosa			¿Vesle venir?

Limonada			Sí, Señora.

Rosa			¡Ah Celín, ardiente rayo
			que el África congeló!

Limonada		Cuido que no te escochó.

Rosa			Emulación de Pelayo.

Limonada		No te oyó.

Rosa				Llámale, y toma
			las señas de su valor.
			¿Azote de Alá?

Limonada	¿Ha el Señor discípulo de Mahoma?
Rosa	El que da voz a la fama.
Limonada	Que da a Castilla pavor.
Rosa	Primer padre del valor, hijo del Sol.

(Sale Celín.)

Celín	¿Quién me llama?
Rosa	Tu hermana es quien te llamó.
Celín	Ya tu acento he conocido.
Rosa	¿Vienes bueno?
Celín	Sí.
Rosa	¿Has vencido?
Celín	¿Cuándo no he vencido yo?
Rosa	Saber el triunfo quisiera.
Celín	Y mi fortuna verás.
Rosa	Habla, no te tardes más. ¿Cómo fue?
Celín	Desta manera:

	salí con negros pendones...
Rosa	Eso, Celín, ya lo sé.
Celín	A sangre y fuego llevé veinte y cuatro poblaciones.
Rosa	Es tu valor inhumano.
Celín	No reservó vigilante, ni mi piedad al infante, ni mi templanza al anciano.
Rosa	Tu coraje y saña impía aún más que tu acero ha obrado.
Celín	Veinte templos he saqueado de la imagen de María.
Rosa	Gracias me doy, pues que llego a escuchar tu ira ardiente.
Celín	Y esa que es tan fría fuente, dejé abrasada de fuego.
Rosa	Alá permite que fueses rayo de su mano airada.
Celín	Hice hoz sangrienta mi espada de las flores y las mieses.
Rosa	Así a mi crueldad enseñas.
Celín	No reservó mi cuchillo

	al humilde corderillo
que balaba entre las peñas.
Rosa	Halle el cristiano escarmiento
en ti, que rendirle sabes.
Celín	Con el polvo ahogué las aves
que eran población del viento.
Rosa	Sea indicio tu osadía
del fuego que en ti se ve.
Celín	Con el humo dél tizné
la rubia tela del día.
Rosa	Deste triunfo hagan memoria
mármoles insensitivos.
¿Qué traes?
Celín	Cuatro mil cautivos.
Rosa	¿Qué más?
Celín	Aquesta es mi historia.
Rosa	Pues ya, valiente Celín,
que al son de tus parches tiemblan
los oídos de aquel monte,
refiriendo el golpe en quejas
oye la más infeliz
fortuna, la más adversa
pasión que el ánimo mío
dispensar pudo a la lengua;
ya sabes que don García

de Vargas, en esa tela
de quien el príncipe Mayo
cortó a las flores libreas,
dio la muerte a Aben-Jucef,
nuestro hermano; ¡el cielo quiera
que acierte a justar la ira
la venganza con la ofensa!
ya te acuerdas que quedó
de mi arbitrio en la cadena
prisionero don Fernando
de Luján; pues porque sepas
cuando es grande la desdicha
cuánto la desdicha cuesta,
sabrás, que al ver su valor,
al admirar su presencia,
o por astro, si es verdad
que inclinar saben estrellas,
quise bien a don Fernando,
permíteme la indecencia
de decir mi voluntad,
siempre en mi dolor secreta;
que es fuerza, cuando el doliente
de achaques de amor enferma,
para sanar del remedio
quejarse de la dolencia;
dile señas de mi amor
con los ojos, de quien eran
desperdiciadas palabras
lágrimas que el fuego seca
mas como el odio es tan rudo
que nunca entiende por señas,
me aproveché de la voz,
tan tarda en obrar mi lengua,
que le vendí por recato

lo que era solo vergüenza
oyome, y dijo que amaba;
pregunté a su amor quién era
el sugeto de sus ojos;
enmudeció a la respuesta,
y viendo en su voluntad
tan seguras resistencias,
me obligué de que el silencio
su llama oculte secreta,
que una voluntad que es noble
más del secreto se prenda;
y en fin, a los cortos plazos
de un ruego me dijo que era
Leonor el feliz dueño,
bien que el mérito no tenga
de su voluntad, y entonces
a mi rostro, que antes era
como tímido de nieve,
le pintó sin diligencia
al temple de sus palabras
mil colores la modestia;
agradecí el desengaño
con amorosa cautela,
que tal vez es menester,
cuando amor no se remedia,
agradecer los desdenes
como si fueran finezas;
y sabiendo que García
de Fernando en el ausencia
pudiera lograr favores
de Leonor, sabiendo que era
de sus luces o sus rayos
diligente competencia,
viendo imposibles de alivio

                        los dolores de mi pena,
                        quise más que don Fernando
                        (sabe amor lo que me cuesta)
                        fuese a lograrse en sus brazos,
                        que permitir que merezca
                        el que dio muerte a mi hermano
                        su hermosura y su belleza;
                        y dejando este retrato
                        en rehenes de dar vuelta
                        a la prisión, permití...

(Dale el retrato.)

Celín   Detente.

Rosa   Que fuese...

Celín   Espera.
                        ¿Es de Leonor esta copia?

Rosa   Esta es su hermosura mesma,
                        de artífice temporal
                        lisonjeada belleza.

Celín   ¿Y no ha vuelto don Fernando?

Rosa   No ha vuelto.

Celín   ¿Pues cómo deja
                        de aquel libre original
                        tan divina copia presa?

Rosa   Oye, y te diré por qué.

Celín	Prosigue, y dime qué intentas.
Rosa	La mayor industria...
Celín	Dila.
Rosa	De que fue capaz la idea.
Celín	¿Para hacer que venga?
Rosa	Sí, y porque a mis iras muera.
Celín	¿Cómo ha de ser?
Rosa	Desta suerte.
Celín	Ya tengo la ira atenta.
Rosa	Fernando, como te he dicho, no quiso volver, o sea porque cobrar una copia es ociosa diligencia, o sea porque Leonor no le permite que venga a rescatar la pintada pues goza la verdadera; o sea porque no debe cumplir su palabra mesma, porque no es bien que a su amor una obligación prefiera; y porque a Leonor no importa que yo su pintura tenga, pues le quiere bien, y es fácil

	hacer del error fineza:
	pues cuando tuviera celos
	de muy desconfiada o tierna,
	aún no le enviara a cobrarle
	porque a cobrarle no venga;
	y así, para dar castigo
	a su traición, hoy intenta
	mi industria hacer que Fernando
	o por ira o por violencia
	venga a cobrar esta copia.

Celín   Di la industria, Rosa.

Rosa   Es ésta:
tú has de fingir que en los rayos
de esa hermosura te quemas,
pues que ya te habrá enseñado
ese cambio la lengua;
haz que tu voz a los vientos
o los asuste o los hiera,
pronunciándole a aquel monte
mentiras que el eco vuelva;
llama al muro de Madrid,
y porque tus iras tema,
como el trueno los peñascos
tu voz sus murallas hienda;
obliga a campal batalla
a Fernando, y haz que vea
que de su Leonor amante
la copia adorada llevas,
que él, viendo de tus pasiones
el imaginado tema,
con los celos, como amante,
como amante, con la ofensa,

bajará a cobrar la copia;
que una cosa es que en mi vea
de su rostro este bosquejo,
pues no importa que le tenga
ni a ella si le mira fino
ni a él si la ve satisfecha;
y es otra ver que es un hombre
el que con ardiente seña
de voluntad apasiona
con su lamento a las peñas;
baje Fernando a cobrar
esta reliquia primera,
y enciéndale como llama
lo que olvidó por pavesa;
emboscados de ese soto
en la rústica alameda
tus soldados, cuando salga
contigo a hacer campal guerra,
le traerán a mi prisión
para que escarmiente en ella
de su traición y su engaño;
no es traición la que se emplea
en vengar otra traición;
si él fue traidor, no consientas
darle muerte con lealtad
si él me da muerte sin ella
yo no le pido imposibles
grandes a tu diligencia,
un amor, que en ti no habrá,
te pido que fingir sepas,
pues no les cuesta a los hombres
mucho trabajo esta ciencia;
cóbrame este fugitivo
esclavo, que haciendo ausencia

me llevó robada el alma,
aunque no lo hago por ella
y en fin, con la industria mía,
con tu amorosa cautela,
con mi enojo, con tu ira,
daré alivios a la queja,
venganzas daré al agravio,
satisfacción a la ofensa;
y porque los dos tengamos,
tú, despojo de quien venzas,
yo, un esclavo de quien triunfe,
y tú un blasón que te deba.

Celín   Tu voz halagó mi oído,
y para que mejor sepas
cuánto vale una venganza
si con la industria se pesa,
tres sucesos, de un ardid,
tres pasiones de una mesma,
conseguir mañosamente
mi ira y mi enojo intentan
el primero es de mi amor.
Pues esta sombra que apenas
es rasgo de su verdad
y de su hermosura seña,
se pasó desde mis ojos
a mi deseo, pues fuera
no conocer la verdad
dejar la pasión perpleja;
con que sin fingir podré
proseguir con tu cautela,
porque con odio y amor
sea esta la vez primera
que la ira y la voluntad

caminen por una senda;
el otro es, que pues me dices
que García, de quien cuentas
de Leonor bella a los rayos
águila de amor, anhela,
en viendo que a Leonor quiero
como fino amante, es fuerza
que aunque no le perdió, baje,
si de más fino se precia,
a cobrar aquel retrato,
bien que otro mejor me queda
que este es bosquejado en sombras,
y este pintado en idea;
y es el otro, que Fernando,
como dices, cobrar quiera
una perdida reliquia
de cenizas que, aún no hoy queman;
con que emboscada mi gente
deste soto en la aspereza,
a García, que a mi hermano
dio en el campo muerte fiera,
con las ventajas que saben
los cristianos desta tierra
pues de su valiente sangre
llevaron al Tajo nuevas,
daré el sangriento castigo;
los dos amantes es fuerza
que a un tiempo vengar su amor
airadamente pretendan;
si Fernando fue contigo
traidor, la industria muera
de su traición; si García
dio a Jucef muerte sangrienta,
cobre discreta venganza

mi valor y tu cautela;
consiga yo no tener
hoy que este volcán revienta
que en esta imágen que adoro
compasiones enternezca;
tu valor y mi valor
hagan de la industria pruebas,
que mal de amor las pasiones
con la ira se remedian.
A campal lid provocado
Fernando mi enojo tema,
celoso can, don García,
la que vibrare saeta
disparada a sus murallas,
latiendo venganzas muerda;
amor y celos te imiten,
amor y celos me fuerzan.
De un achaque adolescemos,
un ardid nos convalezca,
¿qué agravios hay como celos?
¿quién los tiene y no los venga?
que el que unos celos consiente
también sufrirá una ofensa;
así puede ser que logre
esta imposible belleza,
que me hace querer más
saber que hay más que la quieran;
daré muerte a don García,
don Fernando en la cadena
de tus brazos logrará
las prisiones que deseas;
morirá el traidor García,
lograré sin competencia
un amor...

Rosa	Y cuando no, la que ves campaña amena espigar en rubios granos, arderá en negras pavesas.
Celín	Y cuando no, minaré desa madre de las ciencias, que así Maredit se llama, las peñas que la sustentan porque el fuego material que en mi corazón se engendra, a su resistencia unido, su eminente muro hienda.
Rosa	Pues ese esclavo que quiere reconciliarse en la seta que de su africano padre por líneas de Agar hereda, guiará nuestros soldados.
Limonada	Cuidadosa centinela me has de catar en el soto, que no es mucho que venda a mi patria por la vida, que Judas apóstol era y acompañador de Dios, y a solas treinta monedas vendió a Dios, ¿qué no hará un hombre con cabellera?
Celín	Pues ea, guiad, soldado.
Limonada	Ven en pos de mí.

Celín	¿Qué esperas?
Rosa	Que me aliente tu valor.
Celín	Ya mi venganza te alienta.
Rosa	Los parches el monte asusten.
Celín	El clarín los vientos hiera.
Rosa	Guárdate, Madrid, que ya Rosa sobre tus almenas.
Limonada	Yan cumplo con vuesa sangre, la mía madre gallega.

(Vanse.)

(Sale García.)

García	El Ferrando de Luján aquí me ha fecho venir, en las Atochas, que están en par de la sobidura de aquese torromontero.
(Saca un papel, y lee.)	Me habla el renglón primero de Ferrando en la escretura; que le espere con valor, y para muesas rencillas que traiga mías dos cochillas, la chicota y la mayor; negra la noche ha pisado

                            los montes con tardo pie,
                            y con ser grande, no ve
                            mía vista un árbol del prado
                            no el moro hacer entrada
                            puede a este Atochar cerrado
                            que está en rededor cercado
                            con una y otra estacada;
                            cuanto con negros bosquejos
                            pintura la mía ilusión,
                            sombras, cara Oriente son,
                            y cara Poniente, lejos;
                            y agora escuchando están
(Párase a escuchar.)   mis oídos con cuidado
                            señas de que home ha pisado
                            la Atocha, que late un can
                            hacia allí están pisoteando,
                            o es fegura del temor,
                            o el viento hace romor,
                            o anda en mi busca Ferrando;
                            home es, por vida mía,
                            si llega, coido escochar.

(Sale don Fernando.)

Don Fernando   Yan dí con el Atochar
                            en que finca don García;
                            mucho encontrarle me alegra,
                            no miré en toda mi vida
                            la noche tan amarrida,
                            y tan sin sal, con ser negra
                            y a más, que al gusto importuna,
                            y a los ojos da más pena;
                            ¿que quien nació tan morena
                            no tenga gracia nenguna?

	rumor nenguno se espera, de las hojas no se sabe, no grazna agorera el ave, no ruge airada la fiera; mas la escoridad me asombra.
García	Roido entre las ramas creo.
Don Fernando	Home escocho y no le veo. ¿Es García?
García	¿Quién me nombra?
Don Fernando	Es Ferrando, que os retó para la muesa contienda.
García	Hablad quedo, no se entienda.
Don Fernando	Nenguno nos escochó.
García	Pues comenzad la cuestión.
Don Fernando	Antes que entinte el acero, para el mío desquite quiero entonar la mía razón.
García	Decid, ¿cuál la causa es de romper nuesa amistad?
Don Fernando	Parad mientes.
García	Ea, hablad, y lidiaremos dempués.

Don Fernando	Mi amor por Leonor se muere,
	y más su amor me quiso,
	el su padre os la endonó,
	y sé yo que a vos no quiere;
	la que a mí ha influido estrella
	me hace amar de tal suerte,
	que habéis de darme la muerte
	si vos maridáis con ella;
	y por no sofrir mancilla,
	el mío amor fino quisiera
	no morir de esa celera
	y finar de esa cochilla.
García	Es la obligación tan rara
	de nuesa vieja amistad,
	que a estar en mía voluntad,
	cuido que vos la endonara;
	mas siendo yo caballero,
	bien no ha de parecer
	pedirla ayer por mujer
	y hoy hablar que no la quiero;
	escrita guardo a Leonor
	en el alma con mía fe,
	y aunque quiera no podré
	desempremir el mío amor;
	pues repasad, que decoro
	mías penas os guardaran,
	si la he pedido a Gracián,
	me la ha endonado, y la adoro.
Don Fernando	En, vuesa vana opinión,
	decid, ¿no puede empecer
	matrimoniar con mujer
	que a otro home tiene afición?

	¿No sabéis que esto es así?
	Pues no busque vuesa fama
	a fembra que a vos no ama,
	y cae está quisiendo a mí.
García	Espantado y sospendido
	vuesa mengua me ha torbado,
	pues vivís tan confiado
	que os creéis que sois querido;
	las engañifas también
	de fembras podéis coidar,
	cuando no hay qué hablar
	hablan en quien quieren bien;
	escopid su mala casta.
Don Fernando	¿Pues al vueso pundonor
	no hasta decir, Señor,
	que ella lo diga?
García	No basta;
	a más, que no puede ser.
Don Fernando	Catad bien lo que decís.
García	Yo no digo que mentís,
	mas no lo quiero creer.
Don Fernando	Pues finque nuevo valor,
	y nuesa lid apagada;
	hagamos que esta vegada
	la dé a cualquiera Leonor.
García	No lo ha de decir, por Dios,
	ni he de haber tamaño susto,

	que puede tener más gusto, y quereros puede a vos.
Don Fernando	Pues si no vos satisface mío ruego, que a vos se homilla, desabrigad la cochilla, el García.
García	Que me place, mía razón está hablando.

(Sacan las espadas.)

Don Fernando	Erguida está la mía espada; fuid desta cochillada.

(Riñen.)

García	Lidiad y callad, Ferrando, hallará satisfacción la razón que en mí se está.
Don Fernando	¡Oh cómo me coitará finarvos sin contrición!
García	No le aplazo dar más largas a la mía sopitez.
Don Fernando	Finarvos pienso esta vez.
Leonor (Dentro.)	¿García Ramírez de Vargas?
García	¿Qué parla el viento veloz?

Don Fernando	Aquella voz me ha tollido el alma por el oído.
García	Escochad.
Don Fernando	No escucho, voz.
García	¿Pues turbados como están los nuesos aceros? Ea.
Don Fernando	Entornad a la pelea.
(Riñen.)	
Leonor (Dentro.)	¿El mío padre Gracián?
García	¿No es la voz de Leonor?
Don Fernando	Sí, que al su padre ha llamado. ¿Si acaso la ha cautivado el moro engañifador?
García	No la llevan cautivada.
Don Fernando	Es tamaño su quejido.
García	Está el Atochar guarnido con una alta empalizada.
Don Fernando	Sola su voz escoché. ¡Quejicosa y lastimera!
García	¿No era Leonor?

Don Fernando Ella era.

García ¿Dónde estará?

Don Fernando No lo sé.

García Pues si su voz escuchamos,
turbados no nos paremos.

Don Fernando Todo el monte registremos.

García Y por los frondosos ramos
no quede una rama ahora
que no rebusque el dolor.

Don Fernando Vamos.

(Sale Leonor, con una hacha y un fanal.)

Leonor ¿Mío padre y señor?
¡Válgasme nuesa Señora!

García ¿Leonor?

Leonor Mío pecho se hiela.

Don Fernando ¿De dónde te has escorrido,
el tu cabello extendido,
y en tu brazo una candela?

García ¿Cómo te hallamos, di,
tan tarde en este Atochar?

Leonor Mío padre vengo a buscar.

	Los dos ¿qué hacéis aquí?
García	Dempués, Leonor, lo sabrás.
Don Fernando	Dinos, ¿qué te ha socedido?
Leonor	Prestaréisme el vueso oído?
Don Fernando	Atento estoy más y más.
García	Yo atordido. ¿Cómo aquí sola fincas con tal mengua?
Leonor	Ya lo parlará mía lengua.
García	Habla, pues.
Leonor	Escocha.
Don Fernando	Di
Leonor	El señor Rodrigo, Rey nueso gentil, que a la su Florinda forcejó a rendir, mandaba en España el año infeliz que el conde Jolián, traidor y malsin, de allende el mar trajo moros mil a mil; los godos cristianos trátanse escorrir para no catar

lastimoso el fin;
en luengos dos años
de rojo matiz
cataras los ríos
al mar descendir
del Ebro y del Duero
al Guadalquivir;
las madres y hijos
se vieron plañir,
cada cual por ella
aún más que por sí;
de fuego aburados
los campos oí
que no obedecieron
a su rey Abril;
de fame se vieron
las rosas morir,
y de sed y fame
el montés espín;
arroyos de sangre
por aquí y allí
hacen sobiduras
al monte cerril;
de nuesa Vandalia
el limpio Genil
la dio a su Granada
más finos rubís;
abrasadas chozas
arden a escopir
la faz de las nubes
blanca y carmesí;
cautivan las villas
del nueso confín,
y a más las ciudades

cercan, sin oír
lamentos que hace
sexo femenil;
templos que el Jesús
guardó para sí,
donde a la su madre
tanto querubín
salmos la cantaba
que entonó David,
del Mahoma falso
fue mezquita vil;
María, la Virgen,
con su Niño allí
se dejó en el fuego
toda comburir,
que no solo Dios
atendió a sofrir
muerte por el home,
mas también aquí
quiso la su madre
del Sol y de sí,
por culpa del home,
y culpa tan ruin,
su semejadura
dé al fuego sotil
finó el rey Rodrigo
en la cruda lid,
no pagó su pena,
la su culpa sí,
y todos pagaron
los godos allí
de su rey los yerros
¡reyes, que vivís,
semejad del godo

la historia infeliz,
y catad que Dios
somo destroir
por sandeces de uno
vasallos cien mil!
Barragán Pelayo
trató de sobir
de erguida montaña
la ruda cerviz;
de homes infanzones
se fizo adalid,
y a la su cochilla
coidó reteñir
de moras gargantas
sangre baharí;
Castiella en estotras
se empieza a rendir,
y una de las villas
fue nuesa Madrid;
la virgen de Antioquía,
Madre del Ofir,
Sol, que estaba en medio
de nuestro Zenit,
desapareció;
no se supo, en fin,
si el su alcalde godo,
piadoso adalid,
la ocultó en las grutas,
coidando que allí
moros trabajaban
su faz escopir;
o si el uno y otro
santo querubín
la solicitaron

sitio más feliz;
y como le falta
su madre a Madrid,
devoto y constante
mío padre, al llocir
el Sol, que es topacio
y fino rubí;
con mí y con Elvira
comienza a salir
a buscar la imagen,
hablando en latín
divinales himnos
que yo no sopí;
visita en su busca
del monte cerril
al rudo Atochar,
cuanta flor gentil
hace en praderías
el viento se hondir;
escondijaduras
cuantas hay de aquí,
a lo erguido en somo
de aquella cerviz
hace escodriñar,
y a más discorrir
de árboles que viste
de fojas Abril
la espesura dura,
y coida ascendir
a catar el nido
de águila y neblí;
una y otra antorcha
manda requerir,
y en esa llanura

repasar le vi
del verde pellico
la antorcha civil;
regañón el viento
no deja locir
las muesas candelas,
y a no ser por mí
que pose en la mía
diáfano viril,
no se viera senda,
y hoy ficiera aquí
de mollidas flores
verde traspontín;
voces a la Virgen
damos mil a mil,
que a rebeldes penas
ficieran plañir,
y por nuesas culpas,
según entendí,
maguer que nos oye,
no la place oír;
en los matorrales
mío padre perdí,
y a a mía candela
no habido llocir;
la mi hermana Elvira
no parece en fin;
si a lidiar agora
por mi amor salís,
y con las cochillas
os catáis herir,
pues que de consuno
mía mano pedís,
y con vusco quiere

mío padre complir,
habladle los dos,
no beban por mí
arroyos de plata
purpúreo carmín;
no hagades coenta
de amor falso y vil,
y en busca de nuesa
Señora venid,
rosa colorada
y azul alelí,
alegruras hacen
con quedo bollir,
coidando que salga
a sostituir
del Sol que nos falta
la luz carmesí;
el que mi velado
coidare salir,
antes a la Virgen
hable, que no a mí;
Divinal Señora
os obliga allí,
mi amor es un viento
que se ha de escorrir;
catad esta Rosa,
que agora creí
que de nuesa tierra
quiere producir;
los dos en su busca
homildosos id,
y si a esta Señora
queréis obedir,
vuestra enemistanza

	finque para roin.

Don Fernando Aunque el amor me obligó
              al sandío loco interés,
              mía Leonor, primero es
              Nuesa Señora que yo.

García   Pues a la Virgen busquemos
              con fe, fineza y amor,
              que aquí se queda Leonor
              y por ella lidiaremos.

Don Fernando María es la que me aclama
              con afecto más veloz,
              que aunque parece tu voz,
              es su voz la que me llama.

García   Con Ferrando, mi enemigo,
              templar trato la osadía,
              que quizás quiere María
              que no maride contigo,
              y aunque el alma por ti muere,
              ya una y otra vegada
              no has de ser mi velada,
              si la Virgen no lo quiere.

Don Fernando Y yo hablo una osadía,
              que no escatimáis vos,
              que aunque quiero mucho a Dios,
              quiero otro tal a María;
              y agora haré os cuadre
              la mi devotanza, pus
              no le enojará a Jesús
              que quiera bien a su madre

	y otra razón para nos posar en bronce querría, que quien no quiere a María, no le tiene amor a Dios.
García	¿Y por qué, fáblame aquí, en esa razón estás?
Don Fernando	A quien quiere Cristo más ¿no es a su madre?
García	Sí.
Leonor	¿Es divinal el su ardor?
Don Fernando	Luego con razón se infiere, que aquel que no la quijere, no le tiene a Dios amor.
Gracián (Dentro.)	¿Leonor?
Leonor	Mío padre ha llamado.
Elvira (Dentro.)	¿Mío padre?
García	Elvira anda allí.
Don Fernando	¿Vas a socorrerla?
García	Sí, vete tú por ese lado.
Leonor	Busco a Gracián, que me llama.

Don Fernando   Yo a la Virgen celestial,
                    a Leonor no quiero mal,
                    pero María es mi dama.

(Vanse.)

(Sale Limonada.)

Limonada   Sin ley, razón ni decoro,
                    haciendo a moros el buz,
                    hartándome de alcuzcuz,
                    me fingí que estaba moro.
                    Mas ya arrepentido hablo
                    con Jesús para mis dudas;
                    si aquesto hiciera Judas
                    no le agarrafara el diablo;
                    escorrí de la moría
                    y cuido que estoy seguro;
                    el que allí se ve es el muro
                    de Madrid, la patria mía.
                    Fengí que venía a espiar
                    por uno y otro collado,
                    y fugiendo me he colado
                    en medio del Atochar.
                    He la mía ropa rasgada,
                    que al tiempo que aquí colé
                    las siete barras trepé
                    de la nuesa empalizada.
                    Oh, téngame de su mano
                    de Antioquía nuesa Señora,
                    pues no he encontrado agora
                    nengún infanzón cristiano.
                    ¡Ay, mía patria deseada!
                    donde hay en cada rincón

para hacer la sin razón,
tabernas de agua envinada.
Hay uno y otro figón,
donde venden sin trabajo
tan disimulado un grajo,
que le yantan por pichón
¡Ay mis ollas extrañas,
donde el menudo yanté
que son ollas de Noé,
donde hay todas alimañas!
¡Ay fembras! mas no recibo
solaz de haberlas nombrado,
por no estar amancebado
folgaba de estar cautivo,
y ahora que me he fincado
sin quien mía pasión impida,
quiero discorrir la vida
de un hombre abarraganado.
Entra un home donde quiera
a hacer sandíos cariños,
y sin pollos y sin niños
le piden una pollera,
y si un home anda tirano
y no se carga de todo,
hablan luego: «Dese modo
lo hacía don Fulano».
Si no da, le hacen ser
de Marcos el compañero,
si un home da su dinero
luego no le pueden ver.
Y si porfiado importuna
que ver amiga no intente,
hablan: «Por él solamente
no tengo amiga ninguna».

No quiere sino celoso
hablan y dan sus razones,
y si busca los rincones
de noche que es malicioso.
Si amenaza, que es valiente;
tibio, si tarda de noche;
si no deja andar en coche,
hablan que es impertinente.
Y si un home la habló
con sopitez denodado,
hablan: «Él no está enseñado
a mujeres como yo».
Y como si el llano amor
se prendara del linaje,
no se habla fembra que baje
de parienta de un señor.
Si uno amorra, es desigual
si casca, es rufián airado;
si no casca, es un coitado;
si asiste, tiene pañal.
Y a nada se satisfacen,
si un home no es un cesto,
mas lo que dicen es esto,
ahora falta lo que hacen.
Si una anciana entra rezando,
y uno la acertase a ver,
hablan que es una mujer
que viene a pedir prestado.
Y es una santa y quisiera
prestarlo, y el majadero
saca luego su dinero
y le paga la tercera;
si de una amiga se obliga
y las dos juntas están,

	y entra uno y topa un galán
	se le caloña a su amiga;
	y esta cizaña se siembra
	tan bien, que a rato distante
	la otra amigota a su amante
	le habla qués de mi fembra;
	con que ninguno, por Dios,
	sabrá cómo lo patrañan,
	pero a mí nonca me engañan,
	que pienso que es de las dos;
	si hallo home posado en silla,
	el casero viene a ser,
	si uno topa un mercader,
	viene por una restilla;
	si huyendo un galán se pasa
	hacia el retrete menor,
	es un aposentador
	que quiere tasar la casa;
	para irse de noche, hacer
	que una hermana está finada,
	y le dicen que es casada
	porque no la vaya a ver;
	pues home, vivid cierta,
	y a la que queráis querer,
	hablad vueso parecer,
	y escorrid luego la puerta.
Gracián (Dentro.)	Leonor, par del Atochar
	me catarás, llega cedo.
Limonada	Voz de home escocho, y no sé
	por dónde vaya fugiendo.
García	Elvira, somo el ribazo

	te posa, y podrás más presto seguir la muesa candela asciende agora.
Elvira	No puedo, que el aire me ha derrotado.
Leonor	Cata la luz.
Elvira	No la veo.
Limonada	La mía lengua de Castiella escocho hablar no lejos.
Leonor	¿Elvira?
Elvira	¿Leonor?
Gracián	Al llano.
Limonada	¿Aqueste no es nueso abuelo, Gracián Ramírez de Vargas Matusalén destos tiempos? y aquel Ferrando, mío amo, el que me ha dejado preso y cautivo; más los amos son los enemigos nuesos. Pero aun bien que los criados no suelen quererlos menos. Ah el mío señor Ferrando por la llanura.

(Salen todos por distintas partes.)

Gracián	Al sendero.
Leonor	Aquí finco.
Elvira	Aquí has de hallarme.
Limonada	Ya llegan.
Gracián	¡Válgasme el cielo, Ferrando!
Don Fernando	El señor Gracián...
Gracián	García...
García	El alcaide nueso...
Gracián	Elvira, ¿te has fecho mal?
Elvira	Caí, mas no mal me he fecho.
Gracián	Limonada, ¿quién aquí te ha traído?
Limonada	El mío ingenio.
Gracián	¿Cómo engañaste al Celín?
Limonada	¿No sabes que soy gallego?
Gracián	¿Adónde los moros fincan?
Limonada	Están de aquí espacio luengo en las cañadas que fincan

	en par del camino espeso
de Segovia.
Gracián	¿Y qué imaginan?
Limonada	Cercar a Madrid sospecho,
luego que trascuele el Sol
los cristalinos espejos.
Gracián	¿Cuántos moros?
Limonada	Veinte mil;
no los temas.
Gracián	No los temo;
que si parece María,
María y yo para ellos.
Leonor	Pues busquemos a la Virgen
de Antioquía.
Gracián	Escodriñemos
antes que se asome el alba.
El alba del mejor cielo,
que aunque el demoño sotil
con la ventisquera ha fecho
matar a la nuesa luz
somo ese ribazo luengo,
la luz de la fe que guardo
no puede apagarla el viento.
Don Fernando	A eso he venido en tu busca.
García	A eso me trujo el mío intento.

Gracián	Fijos, García y Ferrando,
	Elvira, mío contento,
	desde el día que a Madrid
	ganaron los godos nuesos
	y yo quedé por su alcaide,
	maguer que no lo merezco,
	no dejé de escodriñar
	santuario, ermita y templo
	por ver si encuentra a la Virgen
	la mi devotanza y celo;
	y habrá seis días que estando
	recogido en el mi lecho
	pinturando mi sentido
	las imaginaciones del sueño,
	Jacob segundo miré
	bajar y sobir del cielo
	ángeles a este Atochar,
	y posada en medio dellos
	la Virgen nuesa Señora,
	y el su Chicote pequeño
	por consolar la su Madre
	la daba abracijos tiernos.
	Cada siempre que a los muros
	de nuesa villa aparezco,
	luces desde el Atochar
	sobir a los cielos veo.
	Aquí está nuesa Señora;
	desta manera sabremos
	donde está: los santos himnos
	con el su divinal rezo
	de la Virgen repasad
	con tanto devotamiento.
	García, entonad la salve

       en tanto que la busquemos,
       y no consintáis los dos
       humanales pensamientos,
       que si no arrepentidos
       reprocháis vuesos deseos,
       por no ver vueso pecado
       no querrá la Virgen veros;
       Elvira, el vueso rosario
       sacad, y parladme luego
       de la santa Ave María
       el cuotidiano misterio;
       Leonor, pues que vos sabéis
       la Magnificat, vos ruego
       que la habléis; ea, hija.

Leonor   Va, Señor, vos obedezco.

Gracián   Y vos sacad el rosario,
       Limonada.

Limonada   No le tengo,
       que me le quitó un alarbe,
       que era devoto en extremo
       de rezar por nuesas cuentas,
       mas rezaba por sus cuentos.

García   Pues rezad por la memoria.

Limonada   Háseme olvidado el rezo.

Gracián   Virgen, a vos invocamos
       los vuesos hijos plañendo.

Don Fernando   ¿Dónde estáis, Señora mía?

Leonor	¿Qué, ya no te place vernos?
Elvira	Muéstranos el tu Chicote hoy en tamaño destierro.
Gracián	Haznos, mi Señora, dignos de los tus prometimientos.
Leonor	Aquí están vuesos cautivos, ¿Adónde te hallaremos?
García	Aquí está quien con fe pura te busca, ardiente lucero.
Don Fernando	Aquí está...
Voz (Abajo.)	Aquí está.
Gracián	¿Qué escocho? ¿Escochastes en el viento una voz?
Elvira	El eco es, padre; no hagas caso del viento, que el eco es niño que habla lo que le dicen primero.

(Toma un azadón y cava.)

Gracián	Muesa el azadón, Elvira, que cavar la tierra quiero; aquí está nuesa Señora, ca la voz creer apruebo,

	que nunca dice palabra
	que no sepa bien el eco.
Elvira	¿La tierra cavas?
Gracián	Sí, Elvira,
	y que me ayudéis vos ruego
	a desocupar la Atocha,
	que estoy caduco y no puedo.

(Todos quitan las atochas.)

Leonor	¿Quién ha buscado en la tierra
	la que se ha sobido al cielo?
Don Fernando	En la tierra te buscamos,
	Madre de Dios verdadero.
Gracián	Avísanos, mi Señora,
	si acaso estáis dentro.
Voz (Abajo.)	Dentro.
Gracián	Dentro está, míos cuatro hijos,
	otro que tal trabajemos,
	y no quede un escondijo
	que no se mire.
García	Eso intento.

(Cáese la tabla, y salgan por debajo.)

Gracián	¡Oh válasme Dios! ¿qué miro?
	Toda la tierra se ha abierto,

divinales luces miro,
escochad los instrumentos.

(Toquen chirimías, y sube la Virgen con dos ángeles a los lados, con luces.)

Don Fernando ¿Vos escondida en la tierra,
mía Virgen? mas no es nuevo
que la que se llama Rosa
haya salido del suelo;
lluvia y riego ha menester
la rosa, y vos, Rosa, viendo
que no llovieron las culpas
no quisistes salir cedo;
mas luego que a este jardín
llovieron los ojos nuesos,
y como son los placidos
lisonjas a el Jesús tierno,
salisteis fragrante y pura
del divinal posadero,
que para vos, Virgen Rosa,
el llanto solo es el riego.

Elvira ¡Pucheros hacéis, mío Niño?
en la tierra estáis, y creo
que no vos faltará barro
para hacer esos pucheros.

Leonor ¿Aburada estáis, mía Virgen,
y no ha obrado el incendio?
Pero sois zarza que arde
y no la consume el fuego.

García ¿No era mejor, Señora,
sobiros al cielo vueso,

| | y bajar loego a la tierra
que en nuesa tierra escoderos? |
|---|---|
| Don Fernando | No, porque Dios quiere más
a la tierra que no al cielo. |
| Gracián | ¿Qué hablas, Ferrando? |
| Don Fernando | Hablo
la verdad. |
| García | Habla con tiento. |
| Don Fernando | Escochad y lo veréis. |
| Gracián | Si has de hablar, habla presto. |
| Don Fernando | Dios, espíritu divino,
Dios, que es el Dios de sí mismo,
con el fiat, ¿no crió
máquina de la tierra y cielo?
¿no nació en el cielo Dios?
¿Esto no es cierto? |
Gracián	Es cierto.
Don Fernando	¿En qué consiste la gloria?
Gracián	En ver a Dios.
Don Fernando	Y si él mesmo
a la tierra se bajara,
como se posa en el cielo,
¿no fuera gloria la tierra

	como el cielo?
Gracián	No lo niego.
Don Fernando	Luego bien podré decirte, que pues el divinal Verbo para rescatar los homes descendió a encarnar al suelo, que es fuerza la quiera más; pues quiso tanto a los nuesos, a la tierra como patria que a los cielos como asiento.
Gracián	La tierra es un barro inútil.
Don Fernando	Y barro de que está fecho Cristo y la Virgen María y por hacerle perfecto en el principio del mundo le masó su padre mesmo.
García	Bien hablas.

(Tocan un tambor.)

Don Fernando	Al arma tocan.
Limonada	Dimos en el lazo.
Gracián	Quedo; no os espantéis, amigos, no cobréis al moro miedo, que pues pareció María después de siglos tan luengos,

                              no creo que ha parecido
                              para perderse tan presto.

(Llévanla entre todos.)

                              Venid a sitio decente,
                              mía Señora, que os prometo
                              que antes que amanezca el Sol,
                              si hay más Sol que el Fijo vueso,
                              de haceros una ermita,
                              y serán los peoneros
                              los que en la vuesa presencia
                              cuidan vueso acatamiento.
                              Ea, venid, la mía Virgen.

Don Fernando   Seguro finca este puesto,
                              que muesas empalizadas
                              nos le aseguran.

Limonada   Es cierto.

García   La Virgen va con nosotros.

Gracián   Esposa, venid al templo.

Leonor   Palma, a señalar el fruto.

García   Venid a exaltaros, cedro.

Don Fernando   Dejad poner la mía alma
                              en vueso cristal, espejo.

Elvira   Ciprés, dad verdor al campo.

Gracián	Escala, subidme al cielo.
Leonor	Abrid la puerta al mío llanto, divinal cerrado huerto.
García	Floreced, Lilio, entre espinas.
Don Fernando	Zarza, dadnos vuestro fuego.
Elvira	A defendernos, ciudad.
Limonada	Vellocino, a enriquecernos.
García	Torre, hazme tu David.
Don Fernando	Nave, a surgir en el puerto; y si entre atochas silvestres pareciste al llanto nueso, la Virgen del Atochar de hoy más te llame tu pueblo.

Fin de la segunda jornada

Jornada tercera

(Tocan un clarín, y salgan por dos puertas diferentes Rosa, Celín y Mahomat.)

Celín   Ya hasta el muro hemos llegado
                  con resolución valiente,

Mahomat   Ya está emboscada mi gente.

Rosa   Y ya está Madrid cercado.

Mahomat   ¿Qué pretende tu rigor?

Rosa   ¿Qué procuran tus desvelos?

Celín   Dar una vista a mis celos
                  en el campo de mi amor.

Rosa   ¿Es este el retrato?

Celín   Sí.

Mahomat   ¿Tiénesle amor?

Celín   Amor tengo.

Rosa   ¿Piensas vengarte?

Celín   Hoy me vengo.

Rosa   ¿No intentas vengarme a mí?

Celín   Muera Fernando traidor.

Rosa	Restaura la sangre mía.
Celín	Y muera también García.
Rosa	¿Y Leonor?
Celín	Viva Leonor.
Mahomat	Tu sangre se restituya.
Rosa	Tu ira se irrite ardiente.
Celín	Pues tú ve a avisar tu gente; tú, Rosa, avisa la tuya.
Rosa	Desta manera ha de ser.
Celín	¿Sabes cuándo has de venir?
Rosa	Cuando empieces a reñir.
Mahomat	Yo te sabré obedecer.
Rosa	Tu industria empiece y la lid.
Celín	Prenderte a Fernando ofrezco ¿no te vas?
Mahomat	Ya te obedezco.
Rosa	Llama al muro de Madrid.
Celín	La venganza te aseguro.

Rosa   El ardid conseguiremos.

Celín   ¿Vendréis a tiempo?

Rosa   Vendremos.

Mahomat   Llama al muro.

(Vanse Rosa y Mahomat.)

Celín   Llamo al muro.
                 ¡Ah del muro de Madrid!
                 ¡Ah del gigante de canto
                 que engendró la industria, a prueba
                 de las iras y los años!
                 ¡Ah los que siendo españoles
                 sois militares serranos,
                 que en el desierto del miedo
                 os abrigáis de un peñasco!
                 ¡Ah centinela del muro!

(Sale Limonada al muro.)

Limonada   ¿Quién llama al muro?

Celín   Yo llamo.

Limonada   ¿Es Celín?

Celín   ¿No me conoces?
                 el que Alá fulmina rayo,
                 porque de vuestra Madrid
                 quiebre en el risco poblado.
                 ¿Quién eres?

111

Limonada	Soy Limonada, el tu amigote y esclavo y el que de ti se escorrió.
Celín	¿Pues cómo te fuiste?
Limonada	Andando.
Celín	¿No eres hijo de Mahoma en su ley reconciliado? ¿Pues cómo negarle puedes?
Limonada	Mahoma era un gran borracho, no alzando lo presente; y no caté estar al paso llamándome Limonada que me consumiera a tragos.
Celín	¿Pues cuándo mi gran Profeta ha bebido vino?
Limonada	Aguado.
Celín	¿Cuando él bebió ni comió, si no es que fuese...
Limonada	Marrano.
Celín	Mientes.
Limonada	No vollo ese mientes, como dice el italiano.

Celín	Eres perro por Mahoma.
Limonada	Por san Pedro, que eres galgo, que es santo de Letanía y fue santo siendo calvo.
Celín	Tú me engañaste.
Limonada	También nos engaña un boticario, y tira a las nuesas bolsas uno y otro redomazo de cosas peor que tinta, y siendo afrenta, callamos.
Celín	Di a Fernando de Luján...

(Sale don Fernando al muro.)

Don Fernando	Ya está en el muro Ferrando. ¿Qué es lo que hablas, Celín?
Celín	Vengo a decirte, que traigo de Leonor, tu amante hermosa, la copia divina en rasgos.
Don Fernando	¿Qué copia?
Celín	(Enséñale un retrato de Leonor.) Lo que dejaste, a palabra y amor falso, en rehenes de dar vuelta de Rosa en la fe. Si acaso

            de tan amante te precias
            como precias de bizarro,
            baja a cobrar su hermosura
            cuerpo a cuerpo y brazo a brazo,
            que solamente el amor
            nos puede igualar a entrambos.

Don Fernando   En fin, ¿esa es su pentura?

Celín   Este es su mesmo traslado.

Don Fernando   ¿Y quién te la ha hecho?

Celín   Rosa.

Don Fernando   Cátalo bien.

Celín   Verdad hablo.

Don Fernando   Yan te tiro mi ira, can;
                         piedra es, mordíscala en tanto.

Celín   Baja, pues.

Don Fernando   Temo, Celín,
                         que has de fugir mientras bajo.

Celín   Soy el valor.

Don Fernando   No le pierdas.

Celín   ¿Cómo puede errar el brazo?

Don Fernando   En fin, ¿me esperas?

Celín	Te espero.
Don Fernando	Pues yan desciendo

(Quítase del muro.)

Celín	Ya aguardo.
Limonada	Póngase bien con Mahoma, Celín, mas no haga caso de su avelencia, que fue Mahoma tan rudo y zafio, que en años cuarenta y ocho aprender quiso a ser santo y se quedó zancarrón; pero aun bien, que tiene al lado muchos ángeles, mas son todos de escalera abajo y andan en la chimenea.
Celín	¿Cómo no bajáis, cristianos?

(Salen don Fernando y García, cada uno por su parte.)

Don Fernando	Darate sangriento fin la mi cochilla veloz.
García	Yan deciendo a la tu voz Rey de Toledo, Celín.
Don Fernando	¿Qué miro? ¡Válgasme Dios!
García	Qué haga agora no sé.

Celín	¿Cómo si al uno llamé bajáis a campaña dos?
Don Fernando	Solo a vos viene buscando la mía sopitanza impía.
García	Yo no supie que salía en vuesa busca Ferrando.
Celín	¿Mis venganzas no sabrán quién eres, godo valiente?
García	Yo soy García, el pariente del nueso alcaide Gracián.
Celín	También a ti voy buscando, que mi sangre he de vengar.
García	Bien te puedes entornar, que yo he de lidiar, Ferrando.
Don Fernando	Cobrar la venganza trato de un retrato que perdí, a eso del muro ascendí; yo he de cobrar mi retrato.
García	Si el cobrarle es mi interés, si no le llevo me infamo, que yo otro que tal adamo a la fembra de quien es. Y como mi amor la quiere, la mi cochilla procura cobrar su pinturadura

	donde quiera que la viere.
Don Fernando	No estés escatimando el duelo a la sangre mía, que no ha de cobrar García lo que ha perdido Ferrando. Dile a Rosa, al me escapar, ella a Celín se le dio, pues aquel que le perdió es el que le ha de cobrar.
García	No la tu razón me llama que si tal mengua feciste, yo no sé si le perdiste, solo sé que es de mi dama.
(Sacan las espadas.)	
Don Fernando	Cata mi espada, Celín.
García	La pintura ha de ser mía.
Don Fernando	No lidies con él, García si no quieres ver tu fin.
García	Finarete, vive Dios, si tu sandez me provoca.
Celín	Esperad, que a mi me toca reñir solo con los dos. Tú faltaste a la lealtad que de dar vuelta juraste; tú a tu palabra faltaste.

Don Fernando	Es así, hablas verdad.
Celín	Tú en la campaña también, ya valiente, ya inhumano, diste la muerte a mi hermano en la vega.
García	Hablas bien.
Don Fernando	No lo dudo.
García	No lo ignoro.
Celín	¿Esto no es así?
Don Fernando	Es así.
Celín	¿Tú quieres a Leonor?
Don Fernando	Sí.
Celín	¿Tú amas a Leonor?
García	La adoro.
Celín	Pues si yo quiero a Leonor, a daros la muerte apelo, a cada cual por un duelo y a entrambos por un amor.
García	La tu razón nos ataja.
Celín	Ea, ¿qué os habéis parado?

Don Fernando	Que no el desafiado ha de lidiar con ventaja.
Celín	Si ya os estoy provocando, ¿qué espera vuestra osadía?
Don Fernando	Déjame lidiar, García.

(Atájanse el uno al otro.)

García	Déjame lidiar, Ferrando.
Celín	No he de matar a los dos.
García	¿No me dejarás lidiar?
Don Fernando	No te habemos de finar con ventaja, vive Dios.
Celín	Pláceme que seas valiente.
Don Fernando	Yo solo le finaré.

(Dentro ruido de armas.)

(Salen Mahomat y Rosa.)

García	¿Qué ruido es este?
Celín	No sé.
Rosa	Ya está a tu lado tu gente.
Don Fernando	¿Cómo, gente has emboscado?

	¿y cómo habla, señor,
	quien tovió solo valor
	tiene mengua acompañado?
Celín	Yo vine de aquesta suerte
	no en el campo a pelear,
	que solo vine a vengar
	una traición y una muerte.
	Solo a prenderos venía
	colérico e indignado;
	mas sacar quiero un traslado
	de tan noble bizarría.
	Solo uno reñía por Dios,
	cuando a los dos provoqué
	pues con ventaja, ¿por qué
	he de reñir con los dos?
	Rosa, las iras detén,
	vuestro campo esté seguro
	volveos los dos al muro
	que yo me vuelvo también;
	pues que a dos debo el decoro
	que confieso a tal valor,
	que no me ha de hacer traidor
	el haber nacido moro.
Rosa	¿Cómo, cobarde Celín
	tu enojo has de suspender?
Don Fernando	Cristiano mereces ser.
García	Aunque moro, Rey en fin.
Celín	No es tan feliz vuestra suerte
	como pensáis desta lid;

	cercada tengo a Madrid tiempo hay para darte muerte.
García	En el campo me hallarás.
Don Fernando	Ir en tu busca prevengo.
Celín	Veinte mil soldados tengo, y vosotros mil no más.
Mahomat	No les guardes el decoro.
Rosa	Prueben la ira de tu mano.
Celín	¿Por qué ha de andar un cristiano más bizarro que un rey moro?
Don Fernando	Que cedo comiences ruego lo que cuidas emprender.
Celín	Veréis a Madrid arder con vuestra sangre y mi fuego.
Mahomat	Agradeced su valor Que solo os vino a prender.
Don Fernando	No quiero yo agradecer que un rey no finque traidor; mas tomar venganza trato.
Celín	Yo en la lid te buscaré.
García	Yo el retrato cobraré.

Don Fernando	Yo he de cobrar mi retrato.
Rosa	Rosa a la lid os provoca.
Celín	Ya os llama al campo Celín.
García	Pues toca al arma, clarín; atambor, al arma toca.
Celín	Dejar puestos mis pendones en vuestra muralla juro.
Rosa	Ea, soldados, al muro.
Don Fernando	A defenderle, infanzones.

(Vanse.)

(Salen Gracián, Leonor y Elvira, de los muros, y tras ellos Limonada.)

Leonor	Sin hablar una palabra, ¿dónde el mío padre nos llevas de la diestra mano a una y a otra de la siniestra?
Elvira	Enjuga el padre y señor, esas tus lágrimas tiernas que a parar vienen en canas y van escorriendo en perlas.
Leonor	No le haga de rogar tu voz, porque es indecencia que confiesen unas niñas lo que todo un dolor niega.

Gracián	Estas dos corrientes mías
que dos raudales semejan,
que crecen con la trestura
y con la alegrura menguan,
no se finarán tan cedo,
que está lloviznando densa
una nube que en mis ojos
el sentimiento congela,
y mientras mío corazón
vapores levanta, es fuerza
que ellos lluevan como nubes
lo que él causó como tierra.
Leonor	Trabajaste aquesta ermita
con perjeño y avilencia,
y a nuestra Virgen de Antioquía
posada tienes en ella.
Y cuando el moro te llama
a campaña, tú te quedas
con nosotras, ¿y a rezar
te endilgas desta manera?
Elvira	Tu cochilla es bien que ahora
en las lides resplandezca,
y no tu rosario haga
una cuenta y otra cuenta.
Leonor	Están Ferrando y García
juntando la gente nuesa
para salir a lidiar
con la vil canalla perra,
¿y te escorres a la ermita?

Elvira

    Si la tu espada está vieja
    y no la tu caduquez
    puede lidiar en la guerra,
    ¿por qué está para hablar
    tan barragana tu lengua?
    Muesa tu espada, el mío padre,
    que maguer que en mí no hay fuerzas,
    la tu sangre que está en mí
    cumplirá por vuesa mengua.

Leonor

    Préstanos la tu cochilla.

Gracián

    ¿Leonor, Elvira?

(Dentro cajas.)

Elvira

          Yan truenan
    las cajas y los clarines,
    y no los oyes, ¿qué esperas?

Leonor

    No tu cólera amilanes.

Elvira

    No tu valor ensandezcas.

Gracián

    ¡Oh cómo, hijas, me place
    ver la vuesa fortaleza
    de corazón, y catar
    que en el vueso pecho hierva
    la muy colorada sangre
    de los Vargas de Castiella!
    hijas, miembros de mi alma,
    que descoyunta la pena,
    y maguer que es algebista
    nunca el solaz las concierna,

yan oístis que Celín
veinte mil moros alienta
con que la nuesa Madrid
a nuesos confines cerca;
y aunque las nuesas murallas
incontrastables se ostentan,
fame y sed los dos cochillos
crueles, y no sangrientas,
amenazan nuesas vidas;
cuanto las parvas amenas
a nuesos almudes dieron
en custodia o en ofrenda
yan han consumido el año,
agua hay que hace peña,
grano que el afán apure,
sorbo que la angustia beba,
yan no hay, todo es deseos,
y todo esperanzas muertas;
dar la villa al enemigo
será infame diligencia,
que cautivará las honras
que son del alma hacienda;
no quedará joven flor
cuya púrpura doncella
no se profane del tacto,
no se aje de la violencia
nuesas faces escopidas
de la misma sangre nuesa
darán ternura a los ojos,
pero al corazón vergüenza
y viendo que ser podemos
ejemplo de la miseria,
asuntos de la su mofa
y de la su saña afrenta,

hemos consejado todos
desplegar nuesas banderas,
y erguidos sus tafetanes
a las paganas hileras
sópitamente embestir;
y para que esto soceda
sin que finque una reliquia
de quien el moro escarnezca
discorrimos que a campaña
salgan a lidiar las fembras,
que la sangre, y no el sexo,
da el valor, y no la fuerza
el uso hace a los homes
mañosos, que si ficieran
que las mujeres lidiaran
¿quién lidiara sino ellas?
Vosotras, pues, que mis hijas
nacistes, para esta empresa
vos procura el mío consejo
hazañosas experiencias;
¿tendréis ánimo las dos
para lidiar a hacer prueba
de vuesa alcuña, que al Sol
con las luces empareja?

Leonor   Yo que de tu sangre tengo
valor seguro en las venas,
a la lid saldré a campear.

Elvira   Y yo amazona más nueva
otra que tal en la hueste,
haré que el Celín te tema.

Gracián   Catad que habéis de morir.

Leonor	Viva yo, y mía fama muera para mía vida.
Elvira	¿Qué atañe que yo en esta lid fallezca, si he de vivir con mía fama a las edades eternas?
Gracián	¿En fin moriréis las dos por la vuesa honra?
Leonor	Es fuerza.
Gracián	Y si sopiérais viviendo perder la vuesa pureza ¿no supiérais morir antes?
Elvira	Sobra la pregunta vuesa.
Leonor	Vamos a finar, Señor.
Elvira	A la batalla nos lleva.
Gracián	Pues hijas, hoy es forzoso que nuestra villa se pierda, y que el que quedare vivo, si hay quien quedar vivo quiera, si home, quede escarnecido, si fembra, finque manceba; si ánimo para lidiar y para morir vos queda sepa morir en la paz quien morir quiere en la guerra;

	si allí es cierta vuesa muerte
	más vale que aquí sea cierta,
	y que un padre que os dio el ser,
	maguer que lo plaña y sienta,
	os quite vuesas dos vidas,
	que no es lid tan sangrienta
	permitir que el moro sandío
	cuando vos hallar desea,
	o que vos profane vivas
	o vos escarnezca muertas.
(Lloran.)	¿Qué es esto? ¿Cómo plañís?
	¿Cómo ya tan cedo menguan
	vuesos alientos, Leonor?
	¿Mis hijas ya tan apriesa,
	con el calor de la muerte
	sudan vuesas niñas bellas?
(Aparte.)	(Nos vos finaré, callar
	y finarlas luego es fuerza.)
Leonor	No vos asuste, Señor,
	que la mía muerte sienta
	porque es natural pasión
	de nuesa humana flaqueza.
	Que si Dios temió la muerte,
	con ser Dios, ¿que pareciera
	que tema la muerte Dios
	y que el hombre no la tema?
	Pero si es fuerza morir,
	y yo a las razones vuesas
	aun más que por paternales
	las obedezco por buenas,
	dadme la muerte, mío padre,
	no finque yo a la sospecha
	de perder el honor vueso

                que edad conservo tan luenga.
                Vos me disteis esta vida,
                pagar con la muerte es deuda,
                pues aunque creyera yo
                que el moro no me ofendiera
                con ver que me dais la muerte
                más quiero yo que me sea
                cruel la vuesa cochilla
                que piadosa la extranjera.

Gracián   Deuda es pagarme esa vida.

Leonor   Catad, Señor, la experiencia.
                Da el mar cristales salados
                que porifique a la tierra,
                y ella paga luego en ríos
                lo que él escatima en venas.
                Da el Sol luz a los luceros
                cuando del polo se ausenta,
                y en dando la vuelta al otro
                vuelve a cobrar lo que presta.
                La tierra cede a la flor
                fragancias, y della mesma
                cobra no a luengo plazo
                la púrpura en hojas secas.
                Mi mar sois, cobrad de mi
                ríos de sangre traviesa;
                Sol sois, padre desta luz,
                dejad sin luces la estrella.
                Tierra sois, de aquella flor,
                deshojad la flor más tierna,
                porque seamos los dos,
                cuando mi fineza llega,
                vos el mar, la tierra y Sol,

	yo el río, la flor y estrella.
Gracián	¿Y tú qué hablas, Elvira?
Elvira	Señor, con vuesa licencia no quiero morir agora.
Gracián	¿No ibais a morir?
Elvira	Era yendo a lidiar, y es posible que la mi cochilla venza y aquí es mía muerte precisa: catad vos la diferencia que hay de finar, esperando vivir en la lid sangrienta, o entrarme de aquella guisa con animosa obediencia, que allí es dudoso el morir, y aquí es preciso que muera.
Gracián	Pues hija, ¿eso es ser mi hija?
Elvira	¿Y eso es ser mío padre?
Gracián	¿Esa es la homildanza y amor con que afable y halagüeña cada siempre que os reñía besucabais la mía diestra? Veinte mil moros alarbes nueso campo pisotean, y apenas mil homes son los que hay que a la lid se atrevan

caducos más de ducientos
son los que a esta quinta llevan
por báculos sus cochillas
y por cochillas sus menguas.
¿Qué esperas de aquesta lid?

Elvira ¿Y de mi suerte qué esperas,
cuando no se ha visto padre
que a sus hijas fine mesmas?
Irracional una loba
que astuto cazador cerca
sobre los sus cachorrillos
mañosamente se acuesta,
y los defiende y procura
que no el plomo los hiera,
no los traspase el venablo,
que es tamaña su querencia
que finar quiere primero
porque sus hijos no mueran;
el carnicero león
que finca rapante fiera,
lamiendo los sus chicotes
ruge porque otros los teman
pájaro que el aire eneja,
y el nido a sus hijos yerra,
a los vientos y a los montes
hace lamenturas tiernas,
y luego que cata el nido
los arrulla y los gorjea;
y a la lluvia de la noche,
y del Sol a la modestia,
abriendo pintadas alas
las hace sombra y defensa.
Pelícano, otro que tal:

se rompe su misma tela
y de la su misma sangre
los sus hijos alimenta;
que por dar la vida a un hijo
hay padre que finar quiera.
Y sañudo el padre mío
no a la loba semejas
en amparar las tus hijas,
nin león de otra ralea
ruges en el moro campo
porque esas fieras te teman;
nin ave en el nueso nido
de esas lluvias de saetas
abriendo la tu cochilla
los tus pájaros albergas;
nin pelícano tampoco
con la sangre nos sustentas,
cuando para tú ser padre
será más razon que seas
león, pelícano y ave,
que son padres siendo fieras.

Gracián   ¡Oh cómo aquesta vegada
                         verle cobarde me pesa,
                         que siempre es la cobardía
                         madre de esotras flaquezas!

Leonor   Déjamela responder,
                         mío padre y Señor.

Gracián   ¿Qué intentas?

Leonor   A las sus semejaduras
                         que habla de aves y fieras,

con otro mejor procuro
dar perjeñosa respuesta.
Yan sabes la calidad,
que no hay quien no la sepa,
del armiño, que en saliendo
a yantar de la su cueva,
cuantos manjares el campo
sazona a su fame en yerbas;
mañosos los cazadores
a la su covacha llenan
de porquerosas loduras
que el cielo y la lluvia mezclan,
da voces el cazador,
y asustando monte y selva,
blanco el armiño se escorre
para su covacha mesma,
y al catar la mistoronza,
y porquedad de su cueva,
para que a la su blancura
la inmondicia no se atreva,
quiere más que el cazador
le dé finanza sangrienta
que no la su piel manchar,
símbolo de la pureza.
Si semejar al armiño
quieres, mi hermana pequeña,
a tu cueva, que es Madrid,
no te amonesto que vuelvas;
yan saliste della, y ya
si da el cazador con ella
redes de su amor, no limpio,
harán que sandía perezcas.
Mira cual te atañe más,
si es que el armiño semejas,

	o aquí perder la tu vida o allí manchar tu pureza.
Elvira	Bien hablas; mas si contraria nos influyere la estrella, y de la lid la fortuna nos amenazare adversa, yo misma me daré muerte porque el moro no me ofenda.
Gracián	¿No quieres que yo te fine y te finarás tú mesma?
Elvira	Sí que con las manos mías con las iras, con la queja...
Gracián	Pondrán lazos a tus manos, y mordazas a tu lengua.
Elvira	¿Mi hermosura?
Gracián	Es tamaña, que aquel que mejor parezca, harás crecer los deseos en las mismas resistencias; y de amor al apetito es tanta la diferencia, que amor violencias no gusta, solo a ser premiado anhela pero roin el apetito solo procura violencias, que, en fin, amor es un Dios, y el apetito una fiera.

Elvira	¿Y del Atochar la Virgen no puede hacer que venzas?
Gracián	Bien puede; pero parece que no quiere.
Elvira	Pues no creas que ha parecido la Virgen para que Madrid se pierda.
Gracián	Quizás no lo merecemos, Elvira; y cuando eso sea, no a tanta duda es bien que quede mía fama expuesta; sed mártires de la Virgen, que mucho cielo os espera, que tengo tamaña fe que en esta ocasión quijera ser una de mis dos hijas y que otro mío padre fuera.
Elvira	Señor, ya que mis razones la tu terquedad no mellan, finar quiero, y solo aquí la mi homildanza te ruega que muera yo con María, Nuesa Señora, y que sea de su divinal altar somo la peaña mesma.
Gracián (Lloran.)	Yo vos lo concedo, Elvira. ¿Otra vez plañes?, yan truecas el tu valor en desmayos?

Leonor	¿No queréis, Señor, que sienta que plañas cuando yo viva, y no plañas cuando muera?
Gracián	Plañendo estoy, mía Leonor, maguer que el llanto no veas, congelose el mío dolor, que como a la muerte vuesa tengo el corazón de mármol, son las lágrimas de piedra.
Elvira	Encomienda a la mi madre, mío señor.
Gracián (Aparte.)	(Si sopieran que yan a su madre he muerto; mas no quiero que lo sepan.) Ea, las dos me abracijad.

(Abrázanle.)

Leonor	Adiós, padre.
Elvira	Adiós, Señor.
Gracián	¡Quién ha visto que el amor dé abrazos a la crueldad! ¿Hoy no comulgasteis?
Elvira	Sí.
Leonor	¿Cuál primero finarás?
Gracián	A la que quijere más.

Leonor	Mátame primero a mí.
Elvira	No me des esos recelos.
Leonor	Al tu acero me provoco.
Gracián	¡Que no se escape tampoco la muerte de tener celos! A entrambas desgargantar cuido a un golpe, no me aflijas; ia ti buscan mis dos hijas, Señora del Atochar!
Leonor	En fin, Señor, ¿te perdemos?
Elvira	Solo eso debo llorar, también yo voy a finar.
Gracián	Fijas, presto nos veremos; ea, yan podéis venir.
Leonor	¡Fuerte dolor!
Elvira	¡Trance fuerte!
Gracián	Más hago yo en daros muerte que vosotras en morir.

(Vanse Leonor, Elvira y Gracián.)

Limonada	Entrose y cerró la puerta, ¿si finarlas quiere? sí, en otra capilla allí

miré a su velada muerta.
Siendo casado, no fuera
matanza al mío paladar,
si no supiera matar
a su mujer la primera;
degollar quiere, y me espanta,
a sus hijas riguroso,
no es paso muy gustoso
con ser paso de garganta.
Goloso Alcaide, ¿mereces
tal nombre a mengua tamaña,
pues está el moro en campaña
y te entras a partir nueces?
¡Ay! las míseras coitadas,
yan sus gargantas ofrecen,
¡ay Dios mío! ¡qué bien parecen,
las mujeres degolladas!
Dios te haga, Alcaide, bien;
yan sale agora a lidiar;
las barbas coido enseñar
no me degüelle también.

(Sale Gracián limpiando la espada.)

Gracián   La sangre limpiar agora
               la mi advertencia procure,
               para que no se misture
               lidiando a la sangre mora.
               Va arrepentidas están
               mis ansias, ya las finé;
               mis hijas sacrifiqué,
               segundo soy Abrahán.
               Pero la que hay distinción
               no me deja satisfecho,

| | pues ca maté con el fecho
y Abrahán con la intención.
Y mi desconsuelo es,
para plañirle y llorarle,
que él nunca llegó a matarle
pues Dios lo impidió después.
Mas de haber muerto a las dos
este ejemplo no me aflija;
Jephté dio muerte a su hija
y no se lo mandó Dios.
Y pues al consuelo voy
de haber mía sangre vertido,
ya que Abrahán no he sido
el Jephté segundo soy. |
|---|---|
| (Tocan al arma.) | Yan las alarbes adargas
miro. |
| Limonada | La lid arde ya. |
| García (Dentro.) | ¿El Alcaide, dónde está? |
| Limonada | Gracián Ramírez de Vargas,
el tu mandadero soy.
Cata, que están ya lidiando,
y te da voces Ferrando. |
| Gracián | ¿No venís? |
| Limonada | Tras vusco voy. |
| Gracián | Ea, soldado, sígueme.
¿Finar por la fe sabrás? |
| Limonada | No lo he probado jamás |

	y no sé si acertaré.
Gracián	Apurad, Virgen divina, a toda esta enjambre mora.
Limonada	Solamente por agora folgara no ser gallina.
Gracián	Huye, Celín enemigo.
Limonada	No pases moro a inquietalle por mi plaza y por mi calle.
Gracián	¿No me sigues?
Limonada	Ya te sigo.
Gracián	Cortar cuido alarbes cuellos.
Limonada	Hacen todos luengo estrago.
Gracián	Hoy no ha de ser Santiago.
Limonada	¿Pues quién?
Gracián	¡La Virgen y a ellos!

(Vase.)

(Dase la batalla dando tres vueltas, y quede Mahomat herido en el suelo.)

| Mahomat | Mortalmente estoy herido. ¿Cómo, cielos soberanos, estos mágicos cristianos |

	vencen sin haber rendido?
Limonada	¡Que con tantos moros ver como en el campo han lidiado, no topé uno acomodado para reñir a placer! Un moro de mía meznada no topé en esta ocasión de algo menos corazón que el mío; aqueste me agrada.
(Ve al moro.)	
Mahomat	Acábame de matar, pues lo quiere el cielo impío.
Limonada	¿Aquí está usted, señor mío? (Esto está como ha de estar); quitarle quiero la espada, que soy valiente verán los que saben el refrán
(Dale.)	ahora entra la gran lanzada; a darle muerte me obligo, que yan mía cólera asoma; Mahomat es, Mahomat, toma.
Mahomat	¿Quién me da muerte?
Limonada	Un amigo.
Mahomat	Pues has sido valeroso, que me acabes ya te advierto, de piedad.

Limonada (Dale.)	Sí haré, por cierto, porque yo soy muy piadoso.
Mahomat	Mátame presto, ea ven, que ese acero no me hiere.
Limonada	Yo haré cuanto pudiere por hacerte aqueste bien; qué bien riñe y se defiende, no he visto valor igual; toma este tajo agonal.
(Dale.)	
Mahomat	No te entiendo.
Limonada	¿No me entiende? ¿Hablas latín?
Mahomat	Sí, señor.
Limonada	Pues ea, recipe digo
Mahomat	¿Qué recipe es este?
Limonada	Amigo, es recipe de dotor.
Mahomat	Acaba.
Limonada	Él es temerario; a este bote te prevén.
Mahomat	¿Qué bote es ese también?

Limonada (Dale.)   Es bote de boticario.

Mahomat   Ya muero.

Limonada   ¡Qué desconsuelo!

Mahomat   Mátame o me mataré.

Limonada   No quiera Dios que yo dé
                     a un hombre que está en el suelo;
                     yo quiero alargarte, cito,
                     tus, Mahomat; ya murió,
                     por cierto que se fincó
                     muerto como un pajarito;
                     ahora bien, quiérole atar
                     destos que traigo pendientes;

(Átale con unos cordeles.)

                     ¡qué palabras tan prudentes
                     que hablaba al suspirar!
                     arrastrándole al coitado
                     llevarle quiero a plañer;
                     ¿y que sin ser yo su mujer
                     ande este por mi arrastrado?
                     Venid, de los moros palma,
                     y aunque después de mortal
                     os trato el cuerpo tan mal,
                     peor os tratarán el alma.

García (Dentro.)   Por aquí fuye Celín.

Gracián (Dentro.)   Cátale somo el ribazo

	de aquella emparejadura.
García (Dentro.)	Seguid a Celín, soldados, corriendo sobre el trotón, de esa cuesta baja al llano.

(Sale Celín herido, y cae.)

Celín	¡Válgasme Alá! tropezó en esta atocha el caballo, y ya desbocado el bruto la verde margen pisando todo el golfo de su espuma pasar solicita a nado. ¿Qué es esto, cielos, que miro? U de ciegos u de airados, unos a otros se dan muerte sangrientos mis africanos. La confianza busca el riesgo y el exceso causó el daño; flacos, míseros, cobardes, hoy triunfarán los cristianos; y al valor, por novedad, supo vencer el desmayo. ¿Pero qué mucho si en nubes tesorero el aire vago le va repartiendo al día luceros amontonados? ¿Qué mujer es esta, cielos, que la blanca Luna hollando oscurece con su luz las luces del mejor astro? Navegante soy, que surco de la venganza el mar cano,

	y al ir a buscar el viento a todas las iras calmo. Pero de su frente hermosa ya la red desenmaraño, que la juzgué de cabellos y echo de ver que es de rayos. Cristianos, si esta deidad esta vitoria os ha dado, no os agradezcáis el triunfo, sino triunfad del milagro.
García (Dentro.)	Seguid a Rosa también, que a Celín anda buscando.
Celín	Rosa huyendo hacia mí viene.
(Sale Rosa.)	
Rosa	Celín valiente, si acaso tu acero, que hoy es tu pluma, repetir puede otro rasgo, escribe en los corazones destos infames cristianos de tu muerte y de la mía el más fúnebre epitafio. En nuestra busca han venido Gracián, García y Fernando, agora, más que otras veces necesito de tu amparo. Moriremos dando ejemplo a nuestros mesmos soldados, pero no como cobardes y fugitivos muramos. Mira, Celín.

Celín   Dices bien,
al enemigo embistamos,
y de cobarde no muera
quien puede morir de osado.

Rosa   Ea, Celín, a morir.

Celín   A morir.

(Sale don Fernando.)

Don Fernando   Detén el paso.

Celín   ¿Quién eres?

Don Fernando   ¿No me conoces?

Celín   ¿Vienes a reñir, Fernando?

Don Fernando   Vengo a acabar de vencerte.

Celín   ¿Pues a qué esperas? Riñamos.

Don Fernando   No es este vencimiento
el que percuro.

Rosa   Habla claro.

Don Fernando   ¿Yan te acuerdas que me diste,
catándome enamorado
permisión de que a Madrid
me fuese, y que mi retrato
en rehenes de entornar

	dejé cautivo en tus manos?
Rosa	Es así.
Don Fernando	Y que prometí volver.
Rosa	Y traidor y falso faltaste a palabra y fe.
Don Fernando	Pues hoy te cumplo y te pago, yan que estoy en tu presencia la palabra que te he dado. Y porque la ventajanza no me exceda, aquí te alargo la tu vida, y te permito que en ese trotón manchado de una y otra mosca negra que para que fuigas traigo, crueles por la espesura dura del Manzanares al Tajo. Tú me diste la mi vida pues a mi Leonor me has dado, darte quiero yo la tuya, pues desta guisa acabalo la obligación que te debo; fuye, porque escodriñando andan toda la campaña, y no tornar otro plazo tus palabradas procuren; yo te busco y yo te amparo, yo he complido mía palabra; soy noble, y memoria cato pues érguete en somo el bruto

	que yo la espalda te guardo.
Rosa	Aunque agradezco tu fe, si aquí se queda mi hermano, yo no he de partir sin él, y así si eres tan bizarro, o a entrambos nos da la muerte o dadnos la vida a entrambos.
Don Fernando	Es tanto lo que tú has fecho en haberme a mí alargado una vida que no era mía y se allegaba el plazo de pagársela a Leonor, que aun así no satisfago a toda la tu larguera, y por cabalarte algo fuya contigo Celín, porque aun no te satisfago con esas dos vidas moras esta vida de un cristiano.
Celín	Pues no has de excederme, no, que yo, valiente Fernando, puedo ser menos dichoso, pero no menos bizarro. García a Leonor pretende y tú aspiras a sus rayos; toma este retrato suyo y él no goce su retrato; y si Leonor es tu vida, tú la suya; hoy has logrado dos vidas por una mía, luego a ti te aventajo,

| | pues que yo te doy dos vidas
y tú una sola me has dado. |
|---|---|
| Don Fernando | ¿No sabes qué cuido? |
| Celín | ¿Qué? |
| Don Fernando | Que debes de ser cristiano
y no sabes que lo eres. |
| Celín | Hoy el cielo soberano
me ha dado luces al alma;
yo te buscaré, Fernando,
y sabrás... |

(Ruido dentro.)

| Don Fernando | Fuye, Celín;
fuye, Rosa. |
|---|---|
| Rosa | En el caballo
podremos los dos subir. |
| Celín | ¿Tú me amparas? |
| Don Fernando | Yo te amparo,
y no colará tras vos,
maguer que más sople, el austro.
Adiós, los bizarros moros. |
| Celín | Adiós valiente cristiano. |

(Sale García.)

García	Por aquí fuyen.
Don Fernando	Detente.
García	Cata que somo el ribazo en un trotón el Celín y Rosa se están posando.
Don Fernando	Yo defiendo que se fuyan.
García	Cata que lleva el retrato de mi Leonor.
Don Fernando	Esa es mía. Yan el retrato he cobrado.
García	Pues endónamele luego, y si no faz que riñamos.
Don Fernando	El señor García...
García	Habla.
Don Fernando	¿No te acuerdas que en el cuarto de Leonor una vegada me hallaste?
García	Yan lo plaño.
Don Fernando	Pues con cólera amorosa a enclavijarme en sus brazos cuidaba a Leonor entonces. Y a no esperar el daño de que el su padre se enoje

| | yan estuviera velado: |
| | ella me quiere y la adoro. |

García   Para mientes, el Fernando.
              ¿Escondijado fincabas
              con ella?

Don Fernando   Yan lo declaro.

García   ¿No hablaste que sobías
              al romor?

Don Fernando   Porque el su anciano
              padre no plañir pudiera
              el mío desaguisado,
              me desculpé.

García   Pues escocha
              lo que hablo.

Don Fernando   Yan te cato.

García   No he de tener por home
              de prez, si infanzón hidalgo,
              aquel home que marida,
              maguer que esté lacerado
              el su corazón de amor
              con fembra de amor tamaño
              que se haya con otro home
              un solo instante encerrado,
              que aunque su honor finque siempre
              enterosamente sano,
              en maridándose un home
              con fembra tal, en pisando

de la noche de marido
los principios, los halagos
le hace escrúpulo aquello
de que antes no fizo caso,
y está discorriendo siempre
aborrido y sopitaño
si se cole de las voces
aquel amor a los labios;
y así la Leonor es vuesa.
Elvira me ama, Ferrando,
lograd los lazos de amor,
que yo lograré esos lazos,
que más quiero en la mía coita,
de honor fecho este reparo,
con honra a la que me quiere
que con dudas a la que amo.

Don Fernando   Pues el Gracián viene allí,
las sus dos hijas pidamos.

(Sale Gracián llorando.)

García   Él sale; plañendo viene.

Don Fernando   Fáblale tú.

García   Yan le hablo.
¿El mío señor Gracián?

Don Fernando   ¡Mío padre!

García   El alcaide anciano
de nuesa villa, ¿qué es esto,
por vitoria a triunfo tanto

	plañes?
Don Fernando	Yan de alarbes cuerpos finca el Atochar sembrado.
Gracián	¿Qué más ficiera, un gentil de lo que fizo un cristiano?
García	Señor, por las tus dos hijas venimos ya concertados, a la tu chicota Elvira quiero yo.
Don Fernando	Y yo te demando a Leonor.
Gracián	¡Hay más tormentos! No sé, hijas, si esta mano el dolor de haberos muerto como el que tuve al finaros. ¡Que no creyese yo a Elvira!
García	Ya a la ermita hemos llegado; dame a Elvira.
Don Fernando	A mí a Leonor, no nos aluengues los plazos,
Gracián	¿Venís los dos convenidos?
Don Fernando	¿No lo ves?
Gracián	No, mi Ferrando, que no hay amor tan lince

	a quien no le ciegue el llanto.
García	¿No oyes?
Gracián	Cuido que no; que en mi oído se han fincado deste roido de mi pena atordidos los gusanos. En fin, ¿tú quieres a Elvira? ¿Tú a Leonor, mi hija? a dambos vos la quiero dar, venid; palabra que vos he dado cumpliré.
Don Fernando	¿Qué más fortuna?
Gracián	¡Qué más dolor que el que paso?
García	¿Dónde están?
Gracián	En esta ermita.
Don Fernando	¡Oh! he de lograr su mano.
García	Abre la puerta.
Gracián	No abras; basta, hijos míos caros, haber hecho el filicidio, sin recrearme en mirarlo; hijos, yo he muerto a mis hijas.
Don Fernando	¿Qué es lo que hablas?

Gracián	Cuidando
que ganase nuesa villa
Celín, el moro tirano,
a mi velada maté;
junto al crucifijo santo
que finca en par del altar
del divinal santuario
hallaras a mi velada,
y a mis hijas he finado
en somo de la peaña
de los Evangelios santos.
Don Fernando	¿Qué padre, si no es tú,
a las hijas que ha engendrado
dio tan cruelosa muerte?
García	Di, ¿cuál animal hircano
a las hijas que dio el ser
sangriento ha desgargantado?
Gracián	No me aflijáis, consoladme.
García	Toda el alma me ha lisiado.
Don Fernando	¿Cómo ha de darte consuelo
aquel que le anda buscando?
Gracián	Llegad ende, y afligidme.
García	Padre injusto.
Don Fernando	Home tirano.
Gracián	Eso sí, dadme finanza.

Don Fernando	Mía Leonor, dueño a quien amo.
García	Elvira, a quien mía fe busca.
Don Fernando	Muerta escocha de Ferrando, si tiene oídos la muerte, el lamentoso reclamo.
García	Yan voy a buscarle muerta; la tu yan pálida mano he de posar con la mía.
Don Fernando	Yo he de fincar sepoltado par de ti, divinal dueño.
García	Abre esa puerta.
Gracián	Yan la abro.

(Abre, y hallan de rodillas a Elvira y Leonor con dos señales en la garganta.)

García	¿Pero qué es esto que miro?
Don Fernando	¿Cómo rodilladas cato a la Elvira y a Leonor, si a las dos finanza, has dado?
Gracián	¿Ah Leonor? ¿ah Elvira mía?
Leonor	¿El mío padre?
Elvira	¿El mío amparo?

García ¿Mío dueño?

Elvira ¿El Señor García?

Don Fernando ¿Mía señora?

Leonor ¿El mi Ferrando?

Gracián ¿Vivas fincáis, las mías hijas?

Leonor ¿No conocéis el milagro?

Elvira La Virgen del Atochar
las dos ha resocitado.

Gracián Voy a ver si a mi velada
resocitó.

(Sale Limonada.)

Limonada Ten el paso,
que ahora saliendo en tu busca
la posaron tus soldados
somo las cervices suyas,
y de todo el pueblo en brazos
la endilgan hacia la villa,
que por milagro tamaño
lleva sobre el cuello suyo
el tu acero señalado.

Don Fernando Mi mano es ésta, Leonor.

García Elvira, cata mi mano.

Gracián   Sin duda que vos quijistes
                 que a las tres haya finado,
                 María, para poder
                 obrar dempués el milagro;
                 y pues quiere vuestro Fijo
                 que hagáis milagros tantos,
                 haced que aquesta comedia
                 nos dure siquiera un año.

Don Fernando   Que don Francisco de Rojas
                 a vuesas plantas posado,
                 homildosamente pide
                 el vueso perdón y aplauso.

                 Fin de la comedia

Libros a la carta

A la carta es un servicio especializado para
empresas,
librerías,
bibliotecas,
editoriales
y centros de enseñanza;
y permite confeccionar libros que, por su formato y concepción, sirven a los propósitos más específicos de estas instituciones.
Las empresas nos encargan ediciones personalizadas para marketing editorial o para regalos institucionales. Y los interesados solicitan, a título personal, ediciones antiguas, o no disponibles en el mercado; y las acompañan con notas y comentarios críticos.
Las ediciones tienen como apoyo un libro de estilo con todo tipo de referencias sobre los criterios de tratamiento tipográfico aplicados a nuestros libros que puede ser consultado en Linkgua-ediciones.com.
Linkgua edita por encargo diferentes versiones de una misma obra con distintos tratamientos ortotipográficos (actualizaciones de carácter divulgativo de un clásico, o versiones estrictamente fieles a la edición original de referencia). Este servicio de ediciones a la carta le permitirá, si usted se dedica a la enseñanza, tener una forma de hacer pública su interpretación de un texto y, sobre una versión digitalizada «base», usted podrá introducir interpretaciones del texto fuente. Es un tópico que los profesores denuncien en clase los desmanes de una edición, o vayan comentando errores de interpretación de un texto y esta es una solución útil a esa necesidad del mundo académico.
Asimismo publicamos de manera sistemática, en un mismo catálogo, tesis doctorales y actas de congresos académicos, que son distribuidas a través de nuestra Web.
El servicio de «Libros a la carta» funciona de dos formas.
1. Tenemos un fondo de libros digitalizados que usted puede personalizar en tiradas de al menos cinco ejemplares. Estas personalizaciones pueden ser de todo tipo: añadir notas de clase para uso de un grupo de estudiantes, introducir logos corporativos para uso con fines de marketing empresarial, etc. etc.

2. Buscamos libros descatalogados de otras editoriales y los reeditamos en tiradas cortas a petición de un cliente.

www.ingramcontent.com/pod-product-compliance
Lightning Source LLC
LaVergne TN
LVHW041335080426
835512LV00006B/475